二見文庫

美人課長・美樹

深草潤一

目次

美人課長・美樹

第一章　満員電車の中で……

夕刻のラッシュがそろそろピークを迎えようとしている。島崎丈博《しまざきたけひろ》はＪＲから乗り換え連絡口を抜けてホームに上がり、溢れそうな人並みに目をやった。ここ数日、北上する桜前線に勢いがついたせいか、服装が皆、明るく軽いものになっている。

停車している先発の準急は、すでに満員の乗客を呑み込んで発車を待つばかり。列をなしているのは、間もなく向かい側のホームに到着して折り返し運転になる、次発の急行に乗る人たちだ。

案内のアナウンスが流れる中、一日分の疲労感を滲ませた人々の背後を歩きながら、丈博は密かに胸を昂《たか》ぶらせた。

——混んでるな。

乗り込む位置はほぼ決まっている。目指す地点が近づくにつれて、鼓動がどんどん高まっていった。

この急行は途中の駅で車両が切り離され、行き先が二つに分かれる。その切り離される連結器の前後が、ラッシュ時は特に混雑が激しい。丈博はその付近から乗ろうとしている。わざわざ混んだ車両を選ぶのは、痴漢できそうなチャンスはないかと期待しているからだった。

丈博が痴漢行為に興味を覚えたのは、一カ月前にこの私鉄沿線に引っ越したのがきっかけだった。

食品会社に就職してもうすぐ一年になるが、それまでは大学の頃と同じアパートに住んでいた。別の私鉄沿線で、最寄り駅は急行も準急も停まらず、築年数もかなりのものだったから家賃は安かった。

ところが、学生時代の友人たちが、就職してから次々に住居をランクアップさせているのを見ると、そろそろ1DKくらいのマンションに住みたいという気持ちが強まった。不動産屋をいくつか回った末に決めた物件は、ワンルームマンションではあったが、急行が停まるので、通勤時間は十五分ほど短縮された。

その点は楽になってよかったのだが、いざ転居してみて驚いたのは、初めて体験する通勤ラッシュだった。それまでは朝も夕も混み合うことはなかったし、大学時代はラッシュと逆方向に通学していたから、身動きできないほどの混雑はほとんど経験がない。それは苦痛と言う他はなく、この引っ越しは失敗だったかもしれないと思ったほどだった。

ところが、ギュウ詰めの車両に辟易したのは最初の数日だけで、丈博は間もなく満員電車の愉しみを知った。それはつまり、混んだ車内では女性に公然と体を密着させられるということだ。

ある朝、途中駅で目の前に若いＯＬが押し込まれてきて、ヒップがもろに股間に押し当たった。コートを着ていても柔らかな肉の感触がとても心地よく、ペニスがみるみる硬直してしまった。

ヤバイぞという焦りもあったが、悩ましい刺激に下腹の反応は抑えようもない。鼻先をかすめる髪の匂いも馨《かぐわ》しく、思わず接触しそうなほど鼻を近づけていた。すると、背後からその女性を抱きしめている感じさえして、終点まで勃起が治まらなかった。

その日以来、朝夕の混雑は丈博の密かな愉しみになっている。もっとも、本格的な痴漢行為にはやはり躊躇《ためら》いがあって、あまり大胆なことはできなかった。せいぜい女性のヒップや太腿に股間を押しつけたり、バストの膨らみに肘をあてがうといった程度で、触るにしても手の甲で感触を味わうくらいでしかない。

それでも昂奮させられるのだから、やはり手のひらで触ったり、スカートの中に手を忍ばせることができたら——と、妄想も欲望も否応なく膨らんでしまうのだ。

丈博は当然、どの車両がより混雑するかを乗るたびに観察してきた。そして、朝は停車駅の階段付近が混むことや、夕刻は連結器の両脇のドアが狙い目だと気づいた。また、ラッシュの時間帯といっても、発車間隔によって微妙に混み具合が違うことも判った。今日はJR構内のコーヒースタンドで少し時間をつぶし、この急行の発車時刻に合わせて改札を抜けたのだった。

狙っていた連結器付近まで来ると、前後どちらのドアがいいか、列に並んでいる女性のスタイルや服装に素早く目を走らせた。そこで丈博は、見知った女性の姿を見つけて思わず目を瞠《みは》った。

——あれは……。

紺色のパンツスーツの女性は、見覚えがあるどころか、ついさきほどまで同じオフィスにいた直属の上司、山浦美樹《やまうらみき》ではないか。もっとも、正面から見たわけではないので、服装までよく似た別人ということも考えられなくはない。

丈博は列に並んで後ろからその女性をよく見た。すると、肩までの髪をまとめたバレッタが同じもので、何よりスカーフの少し上、耳の裏側の生え際のところに見えている小さな黒子が、課長の山浦美樹であることを証明していた。

――そう言えば……。

課長の住まいがこの沿線だと、ずいぶん前に耳にしたことがある。だが、引っ越そうと考えはじめる前だったせいか、いざ物件をさがす時も、そのことはまったく頭になかったのだ。

三十七歳で課長を務める美樹は、全社的に見ても営業部門では数少ない女性管理職の一人であり、優秀な人材というだけでなく、持ち前の美貌と相俟《あいま》って、何かと注目される存在だ。整った卵形の顔立ちが美しく、一六〇センチ強のすらりとしたボディも均整がとれているから、目立たないはずがない。

課の先輩に聞いた話では、五、六年前に結婚したが、子供はまだいないということだ。夫は宇宙物理学の研究者だそうで、アメリカの大学に講師として招聘《しようへい》され、単身で向こうに滞在しているらしい。

丈博は昨年の秋、半年の研修を終えて正式に配属が決まると、美しい女性課長の下で働けるというので大いに歓んだ。ところが、それは束の間のことで、彼女がとても厳しい人であることをすぐに思い知らされた。新入社員だからという気遣いや手加減をまったくしない上司だったのだ。

だが、いくら厳しくても、同じ女性上司なら不美人より綺麗な方がいいのは当然だ。

丈博は仕事中でも時々、均整のとれた山浦美樹のボディに視線を走らせることがある。ジャケットを押し上げるバストの膨らみや、優美なヒップラインをこっそり盗み見て、一時、邪《よこしま》な気分に浸ったりしているのだ。

その彼女が最も混雑する位置に並んで電車を待っている。だが、この場で声をかけるつもりはなく、しばらく美樹のヒップに視線を這わせていた。オフィスと違い、周囲を気にしなくていいので遠慮は要らなかった。

ショート丈のジャケットの裾をヒップがつんと押し上げていて、何とも煽情的なスタイルだ。彼女の下半身は、正面から見ると一見貧弱そうに思えるのだが、つんと持ち上がったヒップがセクシーで、横や後ろから眺めるボディラインは何とも優美だ。特にウェストの括《くび》れは見事なもので、今日のようにスリムなショートジャケットは、彼女の魅力を存分に見せつけてくれるのだ。

丈博はパンプスのヒールまでじっくりと視線を往復させた。ヒップのちょうど下半分が上着の裾から露出して、程良い肉づきを思わせる太腿から、さらに脹《ふく》ら脛《はぎ》へと綺麗な曲線を描いている。ヒップの柔らかさを想像すると、途端に股間がむず痒くなってきた。だが、ふと我に返ったりもする。

——同じ車両に乗ってもしょうがないのか……。まさか、課長のあの尻に押しつけるわけにはいかないし、他の女にピッタリくっついてるところなんか見られて、勘違いされてもマズイからな。

どこが勘違いなのか、丈博は勝手にそんなことを考えた。だが、せっかく美貌の課長と同じ電車なのに、わざわざ別の車両に移るのは何やら惜しい気がする。

迷っている丈博の目の前に、次発の急行が滑り込んできた。どうするか決めかねているうちに降車が終了してしまい、乗車側のドアが開くとすぐに後ろから押され、もうそのまま乗り込むしかなかった。

中途半端な気持ちのまま乗車した丈博は、美樹の左後方のほんの少し離れた位置に納まった。彼女の後頭部と肩は見えるものの、気づけば自分の周りは男ばかり。優柔不断が招いた結果にがっかりした。

満員になるのは発車間際だから、いまならまだ移動も可能だが、いったん乗り込んだ後で不自然に動けば目立ってしまう。

——次の駅で位置を変えるしかないか。

丈博は諦めて発車を待つことにした。最初の停車駅は地下鉄線と連絡しているため、さらに大勢の人が乗ってきて一気に超満員になる。そのどさくさに紛れて、他の女性に近づこうと考え、周囲をさり気なく観察しはじめた。

右方向にＯＬがいて、イヤホンで音楽を聴いている。コートを着ているが、春物のとても薄い生地だ。左手奥にいるロングヘアの学生風はデニムの上着だが、下はどうだろうと思って注意していると、乗客の隙間に柔らかそうなミニスカートと太腿がチラリと見えた。

どちらに移動するか迷うところだが、いずれにしても気づかれないように美樹から離れなければならない。こんなことなら最初から別のドアにすればよかったのだと、内心で苦笑いする丈博だった。そうこうするうちに背後のドアが閉まり、電車は動きだした。

加速する車両に揺られながら、丈博はチラチラと美樹の方に目をやっていた。彼女はじっとして動かないが、もし振り向いたりすれば、間近で顔を見られてしまう。極力そうならないことを願うしかなかった。

彼女に気づかれることなく、近くで他の女性に密着したらどんなにスリリングだろう。そんなふうに考えると、同じドアから乗ったのも、あながち失敗とは言いきれない気がしてきた。丈博は密かに胸を昂ぶらせ、視線だけを動かして、付近にいる女性と美樹とを交互に見やった。

ところが、そのうちに彼は、どうも美樹の様子が妙だと感じはじめた。まっすぐ前

を向いていた顔が、いつの間にか俯《うつむ》き加減になっている。立ったまま眠気に襲われ、うとうとしているようにも見えるが、

——もしかして……。

痴漢されているのではないかという気がしてきた。頭部の俯き具合は、眠そうというよりむしろ逆で、何かに耐えているような雰囲気が感じられる。肩のあたりも同じだ。

——誰だ!?

疑念は瞬く間に確信に変わり、どの男が痴漢をしているのか、美樹のどこを触っているのかが気になって仕方ない。真後ろにいる若い男は、両腕でバッグを抱えているから違うだろう。両脇のサラリーマンも何となく無関係に思えた。

いちばん怪しいのは、彼女の斜め前で背を向けて立っている中年の男だった。俯く美樹の額が、その男の左肩に触れそうになっている。体勢は後ろ向きではあるが、男の手が彼女の下腹部にあると考えれば、すべてに納得がいく情況だった。

丈博の胸がにわかに騒ぎだした。会社で何かと話題の美人課長が、電車内で痴漢に遭っている。その現場に居合わせて、しかもこんな至近距離と言える位置だ。部下の自分がこんな近くで目撃しているの彼女が知らないということも、いっそう昂奮をか

き立てる。覗きや盗撮の快感に近いかもしれない。

丈博はその一方で、あたかも自身が美樹に痴漢をしているような気にもなっていた。誰にも見えないところで男の手が何をしているのか、想像するうちにそれは自分の手に置き換わり、美樹の秘丘のカーブまで指先に感じられるようだ。

すると、本当に自分が痴漢をしているかのように、心臓が早鐘を打ちはじめた。口の中がみるみる乾いてしまい、何より股間が強張ってきた。ホームでじっくり眺めた魅惑のヒップが思い浮かび、ぐりぐり押しつけたい気分になる。

同時に、その男に対する嫉妬と羨望が烈《はげ》しく高まっていった。見えないだけに、想像と妄想の境界が曖昧になっているのだ。手が届きそうな距離なのに近づけないジレンマが、狂おしい思いをいっそうかき立てた。

――ちょっと待てよ……。

不意に丈博の意識が、別のところに向いた。

――許してるのか!?

美樹は痴漢行為を咎めないばかりか、抵抗している気配も感じられないのだ。普通、男の手をガードするなり腰を退くなりすれば、周りの人が気づいて不審の目を向けるだろう。あるいは好奇の目だとしても、それなりに周囲の反応があっていいはずなのに、そんな様子は見受けられない。

本当はただ美樹が俯き加減にしているだけで、何も起きていない、という可能性も否定できない。だが、彼女が痴漢を許しているのではないかという考えは、妖しい魅力で丈博の心を摑んで放さないのだ。

仕事に厳しく、クールビューティーという言葉がぴったりの人妻課長が、痴漢の指に秘処を委ねているのかと思うと、言い知れぬ昂奮に背筋が震えてしまう。丈博はそうに違いないと決めつけ、美樹の後ろ姿を食い入るように見つめ続けた。

彼女が拒んでいないなら、自分も触ってみたいという欲求に駆られるのは当然だった。最初の停車駅が近づいて電車がスピードを落とすと、丈博は乗り降りの時に美樹の背後に貼りついてみようと思い、右手のバッグを左に持ち替えた。

駅に着いてドアが開き、幾人かの乗客が降りようとした。丈博はその動きに押されるふうを装って二、三歩前に出ると、美樹の手前で止まり、彼女と真後ろの若い男との間に半身を割り込ませた。

数人の降車が終わった途端、ホームに並んでいた大勢の人が乗り込んできた。押されて後退《じさ》る美樹を受けとめるように、立ち位置をよく考えながら後ろに下がった。

どんどん詰め込まれて密着すると、美樹の髪が鼻先と頰に触れた。甘い髪の香りに混じって、頭皮の脂の匂いが鼻腔を刺激する。こんな間近で美人課長のなまなましい匂いを嗅いだ社員など一人もいないはずだ。それだけで体の芯がうずうず痺れてしまう。顎に触れるシルクのスカーフも心地よい感触だ。首筋との隙間に鼻先を突っ込みたい衝動に駆られもする。

丈博は呼吸を深くしながら、彼女の背中からヒップへと続くラインをしっかりと感じ取った。発車時の揺れを利用して腰を少し横にずらし、股間の強張りが気持ちよく押し当たるようにしたが、それはほとんど無意識の反応だった。

右手の甲はヒップに当たっている。柔らかく、それでいて張りがありそうな尻肉の感触がもろに伝わってくる。パンツスーツの生地は思いのほか薄いようだった。

ふと前を見ると、美樹に背を向けていた例の男は、反転して彼女と向かい合わせになっていた。丈博は自分の体勢のことで精一杯だったが、男は新たな乗客に押し込まれるタイミングで向きを変え、絶好の位置取りに成功していたのだ。

五十がらみのその男は、会社ではそれなりの役職に就いていそうな雰囲気があって、痴漢というリスキーな行為とは、一見無縁に見えるのが意外だった。美樹は男の胸に顔を埋めるように、さきほどよりさらに俯き加減になっている。

——やっぱり!!

情況が彼を奮い立たせた。ヒップに押し当てた手を少し捻って、甲ではなく親指と人差し指の付け根が接触するようにしてみた。ぎっしり超満員にもかかわらず、後ろの若い男がバッグを抱えたままなので、腰から下はやや余裕があって、手を動かすことができる。

本当のことを言えば手のひらでもろに触りたいのだが、そこまでする勇気はなかった。ほんのわずかではあっても、美樹が痴漢などされていない可能性を完全には捨てきれないのだ。

その代わり、丈博の神経はみるみる鋭敏になっていた。嗅覚が鋭くなるとともに、右手と股間の二点の触感が異様に研ぎ澄まされていくのだ。

ペニスは美樹の尻肉に斜め横からじんわり押し当たっている。正面からもろに押しつけるより、この方がむしろ気持ちいい。心地よい圧迫感が血流を集め、ほぼ勃起状態に近かった。

右手はヒップの中央にあって、双つの肉の窪みを感じていた。美樹はパンツスタイルだから、手のひらで触ることができれば、指先は内腿の奥の方まで容易に侵入させられる。だが、そうしたくてもなかなかできない。そのジレンマが丈博を狂おしく昂《たか》ぶらせた。

次の行動に移れるものかどうか、何とか確信を得たいと思い、美樹と男の様子をつぶさに窺った。やや俯き加減の男は見事なまでに無表情で、何も考えていないように見える。首を動かすこともなく、まるで自分の気配を消そうとしているかのようだ。が、時々、左右に視線だけをそっと配っている。それがいかにもベテランの痴漢らしく映るのだった。

——やっぱりアソコを触ってるんだよな？

美樹は時折ヒップを退き気味にして、そのたびに丈博のペニスを圧迫する。甘い痺れがじわりと強まると、反射的に股間で押し返してしまうのだが、どうも彼女の動きは車両の揺れとは関係なさそうだった。男に秘部を触られて感じているように思えるのだ。

丈博は試しに手首をほんの少し返してみた。すると人差し指が付け根から先端までヒップに添う形になり、その魅惑の円みを感じ取ることができた。もう少しで太腿との境の括れに届きそうな感じ——と思うや否や、指先が勝手に動いてしまい、パンティのラインに触れた。

その瞬間、美樹の体がぴくりと小さく反応した。密着している背中が緊張したので、丈博は彼女の意識が自分に向いたのを感じた。振り向きはしないが、背後の男の意図に気づいたのだろう。本来ならもっと早く判っていいはずだが、それはつまり、前の男に完全に気を取られていたからに違いない。

向かい合っているその男は、美樹のわずかな反応が何を意味するのか、即座に理解したようだった。静かに視線を上げて、丈博の顔を見たのだ。気のせいかもしれないが、丈博は男が微かに笑みを浮かべたように感じた。

男はすぐに視線を戻すと、相変わらず無念無想の雰囲気を醸して微動だにしない。美樹はこれといった反応を示さず、じっとして動かなくなった。超満員でまともに身動きできない状態でも、ヒップに触れている手に対して、拒絶の意志を表すことは可能なはずだ。それがないということは、もっと大胆に触っても平気だろうと丈博は思った。

さらにもう少し手首を捻ると、中指と薬指の先端もヒップに触れた。それは丈博が車内で初めて経験する感触だった。指の腹で触れる尻肉の柔らかさは感動的と言う他はない。混雑で触れてしまったのではなく、自分の意志で触っているという感覚は、まさに痴漢行為そのものだった。

しかもそれが、社員の注目を集める美人課長のヒップなのだから、夢のような現実に快哉《かいさい》を叫ばずにはいられない。丈博はあまりの昂奮で膝ががくがく震えそうになり、落ち着けと自分に言い聞かせ、懸命に抑え込んだ。

案の定、美樹がパンツスタイルなので、秘部へと続く尻肉のカーブをはっきり感じ取ることができた。丈博は昂ぶる胸を抑えながら、そろりと指を蠢《うごめ》かせた。すると、さきほどのパンティラインとは別にクロッチ部分の縫い目に触れた。

美樹の体に再び緊張が走った。だが、明らかな痴漢行為なのに、やはり身を強張らせるだけで、これといった拒否反応はない。丈博は大胆な気持ちに傾いていく自分を意識しながら、薄い生地の下の、もっと薄い布地の感触に神経を集中させた。

慎重に指先を這わせると、パンティの布地よりもストッキングのざらつきの方が鮮明に伝わってくる。さらにヒップと太腿の境目あたりまでさぐってみると、つんと持ち上がったヒップの肉は、弛みによる括れもなく太腿へとなだらかな曲線を描いていた。三十代後半というのが信じられないほど若々しい体型だ。

指先の感覚はますます鋭敏になり、まるで裸体を直接目にしているような手触りだった。内腿の合わせ目に向かう空洞が、指を誘っているように感じられ、丈博はとうとう完全に手首を返してしまった。

——おおっ!!

初めて経験する、まったく弁解の余地のない痴漢行為の瞬間だった。越えたくても越えられない壁のように感じていたものが、実際に越えてみると、思っていたほど高くないことに気づいた。にもかかわらず、感動も昂奮も想像を遙かに上回っている。何しろ美貌の上司の片尻に手のひらを触れ、指は秘めやかな奥地を窺うように柔肉に添わせているのだ。

丈博はその手に豊潤な果実を押し戴《いただ》く気分で、たわやかな肉の感触を味わった。摑めば簡単に潰れてしまいそうでもあり、逆に強く握っても押し返すだけの張りがあるようにも思えた。

実際には摑むどころではなく、まるで毀《こわ》れ物にでも触るようなのだが、それでも柔媚な表面の感触に酔い、目が眩みそうだった。指先はクロッチの縫い目を跨いで、秘めやかな部分に迫っていた。触れた瞬間から、双つの肉はきゅっと窄《すぼ》まって力んだまま、美樹の緊張をはっきりと伝えていた。

丈博は大学時代に性体験があり、女性の尻の感触は知っている。だが、電車の中で、しかも手のひらで触る感覚は明らかに次元の異なるものだった。衆人に囲まれながら密かに愉しむ猥褻行為、その危険な悦びに充ちている。それが麻薬のような快美感をもたらすことを、丈博は本当の意味でいま知ったのだ。

しかも、触っているのが美貌の上司のヒップなのだから堪らない。自分にも部下にも厳しい彼女が痴漢を許している。その隠された一面を知った優越感と密かな愉悦が、丈博の心を躍らせて止まない。こんなふうに痴漢にサンドウィッチされて、美樹は何を感じているのか——考えるだけでも背筋がゾクゾクしてしまうのだ。

ペニスはすでに勃起して、これでもかというほど怒張している。昂奮のあまりとうとう両膝が震えてしまい、図らずも股間をぐりぐり擦りつける結果になった。上体は前を向きながら、腰だけ斜めに捻って美樹の横尻に押しつけている。硬くなった肉棒を、まるで美樹の尻肉と自分の下腹とで挟んで揉み込むような感覚だった。

丈博はバッグを抱えた背後の男に、いくら感謝しても足りないくらいだと思った。超満員でも下半身に余裕があるのはその男のおかげだが、この情況がどれほどありがたいか、ペニスが怒張してあらためて気づかされた。より気持ちいい角度や圧迫感を自分でコントロールできるのだ。

——ギュウ詰めだと、こうは都合好くいかないからな。

あまりに混み過ぎてしまうと、まったく身動きできないどころか、強く押されてペニスが痛くなることもある。今日もそれに近い混み具合なのに、後ろの男のおかげで、好きなように押し当てることが可能なのだ。手のひらも包むように軽く触れられるから、円みや肉感を充分に味わうことができた。

丈博は押しつけに強弱の変化をつけ、快感を高めようと試みた。すると美樹のヒップの柔らかさや弾力がいっそう鮮明になり、ペニスが小さく脈を打った。同時に尿道を伝って粘液が押し上げられ、先端からとろりと洩れるのを感じた。

幹の部分だけでなく、硬く膨張した亀頭も心地よい感触に包まれていた。だが、丈博の腰の位置がもう少し低ければ、亀頭がダイレクトに押し当たってもっと気持ちよくなれるはずだった。

――もうちょっとって感じなんだよな。先っぽがしっかり当たると、たまんないだろうな……。

丈博は膝を曲げて腰をほんの少し落とした。それだけで亀頭がヒップをまともに突っつく位置に変わり、腰は本能的に動きだした。上半身はほとんど動かさず、腰だけを小刻みに揺らす。股間を押しつけるというより、ペニスの先端でヒップを擦り上げている感じに近かった。

――ああ、これは気持ちいいぞ。エッチしてるみたいじゃないか！

確かに小刻みなピストン運動とも言える動作で、これが真後ろからヒップの割れ目に押し当てていたら、バックからの疑似セックスになるに違いなかった。思った以上に気持ちよくて、時として鋭い快感が生じたりもする。

さらに粘液が洩れるのを感じながら、丈博は思う存分に喜悦を味わった。そのうちに腰の動きが少しずつ強く、大きくなっていった。快楽に任せてしだいに遠慮がなくなるのだ。

しばらくすると、美樹の背中がそわそわ落ち着かない雰囲気を伝えてきた。ペニスの硬さや太さをヒップで感じて、彼女も昂ぶってきたのだろう。そう思うと、丈博はさらに調子づいてしまう。

その時、ふと視線を感じて目を上げると、再び前の男が丈博の方を見ていた。その目がやけに鋭い光を帯びているのでドキッとした。男は視線を素早く左右に走らせると、すぐにまた丈博に戻した。その時、彼の脳裡に男の声がはっきり届いたのだった。

『周りに気づかれるぞ!』

まるでテレパシーのような痴漢同士の以心伝心に、丈博は我ながら驚いた。だが、感心している場合ではない。要するに、彼の腰の動きが大きいので周囲にバレそうだと目で咎められたのだ。

丈博は慌てて擦りつけるのをやめたが、左前方にいる年輩のサラリーマンが、訝る様子で後ろを気にしはじめていた。

――ヤバイ!　バレたか……。

焦る気持ちを抑えつつ、顔を真っ直ぐ前に向けたまま、男に倣《なら》って無表情でとぼけてみた。緊張が顔に出ないよう、ゆっくりと深い呼吸を繰り返す。そうしているうちに、そのサラリーマンは不審そうな素振りを見せなくなり、丈博はようやく安堵することができた。

もっとも、彼はそれまでの間、腰の動きはピタリと止めたものの、手はずっと美樹の魅惑のヒップに触れたままにしていた。手元を見られるわけではないので、彼女が拒まない以上、離す必要はなかったのだ。慌てた瞬間に怒張が弱まりかけたものの、事なきを得た途端、すぐに勢いを取り戻して猛りはじめた。

危ういところで窮地を脱すると、おかげで少し冷静になれた気がした。美樹が拒まないことは明らかだが、だからといって夢中になるのではなく、常に周囲の情況を把握しておくべきだったのだ。

年輩サラリーマンが前に向き直り、もう彼の方を気にしていないと判っても、丈博は周りに気を配り続けた。前の男を見ると、目からさっきの鋭い光が消えていた。すると男は、チラッと美樹の方を目で示してみせた。『続けていいぞ』と、ベテランの痴漢から許可をもらえたような気がした。またも心に通じるものを感じて、丈博はうれしくなった。

落ち着かなそうだった美樹の様子も元に戻っていた。そわそわした感じはなくなり、彼の手や硬い肉棒にだけ気持ちを集中させているようだ。いつの間にか体の強張りも消えている。

丈博は再び腰を動かしてみた。同じように腰をやや落とし、亀頭部分でヒップを上下に擦る。さきほどよりは小さな動きだったが、周りに気を配りながらだと、その方がかえってスリリングだった。さらに腰を迫り出して押しつけを強め、肉茎全体で圧迫しながら左右に揺らしてみたりもする。剛直した肉の棒を横に転がす感覚は、実に新鮮で心地よかった。

丈博はそうやって腰を使いながら、美樹がこの情況をどう感じているかということを、あらためて考えてみた。そわそわした雰囲気を見せることもないので、さきほどの落ち着かない様子が何だったのか、いまさらのように気になったのだ。

彼女は相変わらず俯き加減でじっとしている。時々、両脇の乗客に視線を向けているようだが、もう訝《いぶか》られることもなく、それでしばらく俯いたままになり、また思い出したように窺う、といったことを繰り返している。丈博は何となく彼女の気持ちが見えてくる気がした。

――もしかして、さっきそわそわしていたのは、他の乗客に気づかれそうだったからか……。

美樹が痴漢を拒まないことはすでに明白だが、痴漢に触られていることを周りの乗客には知られたくないのかもしれない。それで時々、情況を気にするように視線を向けるのだろう。

——……ってことは、周りに気づかれさえしなければ、もっと触っても平気なんじゃないか？

触られること自体は恥ずかしくないのか、あるいは恥ずかしいけど昂奮するとかスリルを愉しみたいとか、そのへんの心理までは判らないが、とにかく周囲に気づかれないように注意してやれば、もっと露骨な触り方をしても大丈夫なのではないかと思えてきた。

丈博はそれで急にしたたかな気持ちになった。ゆっくり息を吐くと、尻肉の狭間に忍ばせている中指に少し力を入れ、指先をそろりと蠢かせた。その瞬間、手のひらに触れた柔肉がきゅっと引き締まった。どうやらアヌスの付近か、あるいはすぼまりそのものを捉えたようだった。

指先を立てて前後にこちょこちょ掻いてみると、美樹が即座に腰をくねらせた。大きな動きではないが、アヌスを刺激されて思わずくねってしまった、という感じだった。

正直な反応が可愛く思えて、丈博は勢いづけられるようだった。手のひらで円を描くように撫で回したりもしてみる。背後の男に勘づかれないためには、なるべく手先だけを動かすようにしなければならない。

それにしても美樹のたわやかなヒップの手触りは格別だった。ぷりっと突き出した極上の円みが手のひらにすっぽり収まって、撫でながらやわやわ揉んでみると、思った通りの張りが心地よく伝わってくる。まるで手のひらに吸いついてくるようなのだ。

そうやって揉むだけでなく、さきほど捉えたポイントにも指先で刺激を加えた。時折、強く押してみると、そのたびに美樹の下半身がくねる。抑えようとしても仕方なく動いてしまうらしい。彼の指がアヌスを的確に刺激しているのは間違いなかった。

——感じてるのか？

恥ずかしくて逃げるように腰をくねらせるというより、どうやら感じているようだった。上半身は動いていないのに、腰から下がくねって快感を表しているのだ。目に映るのは普通の満員の車内風景なのに、見えないところで美貌の上司のヒップを揉み回し、アヌスを刺激し、彼女は感じてしまっている。そのことが烈しく胸を沸き立たせた。

だが、昂奮していても頭の中は冷静でいられた。さきほどの経験はまさに怪我の功名だ。さり気なく周囲に気を配ると、美樹の下半身の動きは、彼女の右側にいる大学生らしき男にさえ勘づかれなければ、他には問題なさそうだった。しかも、その学生風はヘッドホンをしている。音楽に聴き入っているなら好都合だった。

丈博は内心ほくそ笑みながら、美人課長のヒップをねっとりした手つきでこね続けた。彼女の腰が微妙に動くと、電車の揺れと相俟って、屹立したペニスが妖しく擦られる。先端から洩れ出す液体は、すでにかなりの量になっているようで、下着の内側に付着してぬめりが何とも気持ちいい。

と、美樹が急に腰を退いたものだから、ペニスがぐいっと圧迫された。その拍子に脈を打ち、またとろりと零れ出た。

——なんだ!?

美樹の不意の動作は、明らかに丈博の手指の刺激とは無関係だった。向かい合う男にすぐ目が行ったのは、理由がそこにしかないからだ。

やや俯き加減の男は目だけで周囲を窺っていたが、すぐに美樹の肩口に視線を落とした。相変わらず表情がない。

だが、その手が何をしているのかは明白だ。秘丘からさらに奥まで進んだに違いなかった。敏感なクリットを捉えたのかもしれない。それに感じて美樹は反射的に腰を退いてしまったのだろう。

美樹の尻がさらに微妙なくねりを見せた。どことなく悩ましさが増しているような動きだったから、丈博は羨ましくなった。

——ううっ、触ってみたい。尻もいいけど、前の方を触れたら最高だろうなあ、山浦課長の……。

そんなことを考えていると、ヒップを揉む手にますます力が入る。だが、やはり美樹の腰のうねりは彼ではなく、正面の男の手に反応していた。

その動きはしだいに大きくなり、丈博はまた周囲が気になってきた。さっきは自分の腰の動きが問題だったが、今度は美樹の反応の大きさが原因だ。男も周りへの気の配り方が、さきほどより慎重になっているようだった。

そこで彼は、尻の谷間を窺っていた手を少し戻して、彼女の片尻を右側から押さえ込むように包み込んだ。そして、左側に密着している下腹を勃起とともにさらに強く押しつけた。つまり、美樹のヒップを両側からホールドする恰好になったのだ。

それで美樹の腰の動きは抑えられ、他の乗客に気づかれる心配は少なくなった。我ながらナイスな対応だと自賛したが、それは強く押さえ込むことで、彼自身もさらなる快感を得られたからだ。

美樹のヒップはそうやって押さえ込んでも、くねくねと蠢くように揺れていて、ペニスで強く圧迫するほど気持ちいい。しかも、向かい合う男の触り方が巧みなのか、一瞬、びくっと跳ねるように動いたりもする。丈博にとっては予期しない反応だけに、下腹に拡がる甘美な痺れは、思いのほか鋭いものがあった。

あまりに気持ちよくて自ら腰を突き動かしたくなるが、それでは本末転倒で、彼女の反応が周りにバレないように押さえている意味がない。何とか堪えるしかなく、その焦れったさがかえって昂ぶりを煽るようだった。

それから間もなく、密着している美樹の体から力が抜けていくのが判った。しっかり立ってはいるものの、上体は目の前の男に寄りかかっていて、下半身は彼が押さえていないと、露骨に悩ましい動きをしてしまいそうな危うさがあった。

正面の男に嬲《なぶ》られて美樹の腰がうねるたびに、ペニスは心地よい波動を受ける。それはそれでいいのだが、どうも自分がその男のために美樹の腰の動きを抑える役割を負っているような気がしてならない。しだいに丈博は、さきほどとはまた別の焦燥感を募らせていった。

丈博が協力したことによって、男は周囲への警戒をやや弱めたのか、最初と同じように俯き加減で、満員の車内に静かに溶け込んでいる。見えないところで女の秘部を玩弄していることなど、微塵の気配も見せない。美樹はどうかといえば、頬のあたりに淡い桜色を浮かせ、まるでほろ酔い気分の熟女を思わせる柔媚な雰囲気さえ漂っている。

——ああ、もうダメだ！

そんな二人を見ているうちに、とうとう我慢できなくなってしまった。どうしても美樹の秘部を触ってみたくなったのだ。

意を決して右手を移動させると、再び尻の割れ目に潜り込ませた。少し屈んでさっきよりやや深い位置まで侵入していく。と、すぐに男の指にぶつかった。その指はしっかり秘部を捉え、小さな円を描くように蠢動《しゅんどう》していた。

瞬時に男と目が合った。先刻から通じ合うものを感じていた丈博は、交替して触らせてくれないかと願った。その気持ちが表情に出たのか、あるいは本当に心で通じ合ったのか、男の指がすっと退き下がってその場を譲ってくれた。

——おおおっ!!

感激のあまり、危うく声が出そうになる。丈博は勇んで這い進み、とうとう美樹の秘めやかな部分に触れることができた。彼女の背中がほんの一瞬だけ強張りを見せたが、すぐに元に戻った。

——やった！　ほんとに触れたぞ!!

ついに美貌の上司の秘処を捉えると、言葉に尽くせない昂奮が丈博の全身を包み込んだ。膝も手も震えそうになるが、懸命にそれを抑え、全神経を右手の指先に集中させた。

柔らかな太腿に挟まれた谷底の肉は、ぷっくりとした膨らみを感じさせる手触りだった。しかも、何枚かの布地で隔てられながらも、熱を帯びているのがはっきりと感じられた。男の指戯に感じてしまい、奥の方はしっとり潤っているに違いない。

丈博は男に倣って指先を蠢かせた。パンツの生地が指に纏《まと》いつき、その下のストッキングやパンティまで一緒になって動くみたいだ。気のせいか秘肉が微妙に捩《よじ》れる感触まで伝わるようだった。

と、その時になって丈博は、彼女の両腿が最初に触った時よりも開いていることに気がついた。ヒップをこねながらアヌスを刺激した時は、尻肉が引き締まって指が挟まれるほどだった。それがいまは、指三本分くらい自由に這わせることができるスペースがあるのだ。

——自分から脚を開いたのか……。

腰の動きが大きくならないようにホールドしてやったのに、前から侵入してきた男の手を自ら受け容れたのだと思うと、何となく悔しい気もするが、おかげでこうして容易に触りまくれる情況が生まれたのは確かだった。

丈博の指の動きは自ずと大胆になっていった。円を描くだけでなく、爪を立てて掻いたり、指先を押し込むようにぐりぐり揉み回したりもする。すでに男の指でかなり高まっていたのか、美樹は時折、下半身の力も抜けてしまうようだった。腰が沈み込みそうになるたびに、丈博は指弄を中断して、大袈裟に言えば手のひらで彼女の股を支え上げるような状態になった。

見つめる男の目が笑ったような気がして、丈博も誇らしい笑みがこみ上げてくる気分だ。美樹の尻や秘処を触ることができたばかりか、そこまで感じさせていることがうれしい。痴漢行為もただ触って愉しむのではなく、女を感じさせることができれば愉悦は倍加する。丈博はそう考えるようになっていた。

そうこうしているうちに、電車は次の停車駅に着いた。今度はかなりの乗客が降りたが、乗ってくる人も多いので混み具合は相変わらずだ。

丈博は男と二人で美樹をサンドウィッチにしたまま、開いてないドアの方まで後退した。いまや二人はすっかり共犯者であり、息もぴったり合っている。

後退する間、丈博は彼女の股に手を差し入れたままだった。混雑ぶりを考えると、いったん手を退いてしまうより、その体勢を維持した方がよさそうだと思ったのだ。美樹にしてみれば、そんな手を突っ込まれた状態を他の乗客に見られたくはないだろうから、密着したままの方がいいはずだ。

男の方は秘丘からいったん手を離したようだった。そして、後ろから押し込まれるタイミングを見計らって、手を持ち上げたように見えた。

ギュウ詰めになった途端、美樹が胸元を庇《かば》うように背を丸め、男の肩にすっかり顔を埋める恰好になった。彼の手が美樹のバストを捉えたのは間違いない。上半身が隙間なく密着したために、もう何をしようが誰からも見えない状態になった。

――胸に行ったってことは、下は任せるってことだよな！

丈博はこの絶好の情況に狂喜した。身動きひとつできない混雑の中で、美樹の秘部を好きなだけ嬲ることができるのだ。彼の手が卑猥な悪戯をしているなんて、誰も気づきはしないだろう。

本格的な痴漢行為を初めて体験した彼だが、これこそが痴漢の醍醐味だという気がしていた。触る方と触られる方と、見えない所でいま何が行われているかを知っているのは当事者だけで、それがこの上なく昂奮を煽るのだった。

――これはいいや。もうなにをやってもバレないだろうな……。ああ、この匂い、たまんねえ！

丈博はやや前傾姿勢になって、美樹の後頭部に頬を接触させた。髪の香りに混じった皮脂の匂いが、気のせいか濃くなっているようだった。

身動きはままならないものの、車両の揺れに任せながら、膝を曲げて少し腰を落とすことはできたので、手が彼女の股の下にすっぽり潜り込んだ。指先は恥骨の硬さを感じられるあたりまで侵入している。ふっくらした秘めやかな盛り上がりを、欲しいままに嬲れる体勢になり、全身の血が沸騰しそうなほど昂ぶった。すかさず大きく揉み回すと、秘肉が捩れる感触がはっきりと伝わってきた。

バストの方もかなり露骨に攻められているらしく、美樹の体がまたくねくね動きはじめる。ところが今度は、少しも動けないほどギュウ詰め状態で、二人が完璧に挟み込んでいるため、周囲に気づかれる心配はなかった。

美樹の秘部はさらに熱を帯びてきて、気のせいか湿り気さえ感じ取れるようだ。もしかするとパンティはもうぐっしょり濡れているのではないか——。そんなことを考えると、這い回る丈博の指はますます遠慮がなくなる。

パンツの上からでは、敏感な突起の位置を正確に捉えるのは難しいが、おおよその見当をつけてさぐってみた。強弱を加減しながら往復させていると、不意に密着した美樹のヒップがびくっと震えた。すかさず、そのポイントを外さないように攻め続ける。

すると、ひくひくっと断続的に震えが起きて、そのたびに怒張したペニスが揉まれて気持ちいい。美樹が意図的にやっているのではないだけに、丈博は思わずほくそ笑んでしまった。自分でもつい腰を揺り動かしたくなるが、むしろじっとしたままで、美樹の反応に任せてペニスを揉んでもらう方が、よりいっそうの愉悦を味わえるのだった。

丈博の呼吸もしだいに荒くなっていった。美樹の耳にくちびるを近づけ、熱い息をたっぷり吹きかけてやると、まるで恋人を後ろから抱きしめ、愛撫しているような気分になる。その背後の痴漢が部下であることを美樹が知ったら、いったいどんな表情を見せるだろう——想像するだけで昂ぶりが増して、このまま射精できそうな予感さえした。

ところが、丈博には別の迷いが生じていた。そろそろ彼の降車駅が近づいているのだ。これほどの情況にありながら、間もなく降りなければならないなんて、いかにも惜しい気がする。

いくら山浦美樹が同じ沿線だからといって、このような絶好機はそうは訪れないだろう。仮に再び同じ電車に乗り合わせたとして、今日のような〝強力な援軍〟もなしに一人でここまでやれるかというと、必ずしも自信があるわけではない。美樹が拒まなかったのは、最初に触っていたこの男があまりに巧くて、感じてしまったからではないか——そんな気がしてならないのだ。

そのせいもあって、彼の中で盛んにせめぎ合いが起こっていた。このまま乗り越して、美樹の秘部の手触りと反応をたっぷり堪能しておくべきだと思う一方で、彼女が降りるまで一緒に乗っていると、降り際に顔を見られる危険性はないかという懸念もあった。

そうこうしているうちに、電車は減速を始めてしまった。そして、乗車した時と同じで、どうするか決められないまま、とうとう駅に着いてしまった。

今度は反対側の、丈博の背後のドアが開いた。丈博も美樹も、そしてあの男も、降りようとする人の波に押された。とりあえずドア付近の乗客は、降車しない者もいったんは降りるので、多くの人が一緒くたにホームに吐き出される。

丈博は顔を見られないように、美樹の背後をキープしつつ体を反転させ、ホームに降りた。その時点で彼は、成り行きで再び乗車するつもりになっていて、美樹のすぐ後ろの位置を確保しなければと考えていた。

ところが、意外なことに、彼女はそのまま改札に向かって歩きだしていた。利用する駅まで同じと判ってすぐ頭に浮かんだのは、朝なら同じ電車に乗るチャンスはけっこうあるかもしれないということだった。駅のどちら側に住んでいるかさえ判れば、早めに駅の近くまで来て、どこかでこっそり待ち伏せすればいいのだ。

美樹は彼がさっきまで触っていたヒップを揺らしながら、ゆっくり遠ざかっていく。

丈博はすぐに彼女の後を追おうとした。

と、その時、誰かに後ろから腕をぐいと摑まれた。

——えっ!?

てっきり痴漢行為がバレて捕まったかと思い、心臓が大きく脈を打った。だが、恐る恐る振り返ると、腕を摑んだのはさっきまで一緒に痴漢をしていたあの男だった。

「深追いはよくないぞ」

男は丈博の耳元で、小声でそう言った。丈博は彼の意味がすぐには理解できず、ぽかんと間の抜けた表情でホームに立ち尽くした。

第二章　薄い下着の湿り

「しかし、見ず知らずでこんなふうに飲むのも、なんだか妙なもんだな」

「そうですね。でも、まったくの見ず知らずって感じでもないんですけど……」

「まあ、そうかもな」

藤堂《とうどう》と名乗ったその男は、テーブルを挟んでニヤリと笑った。そして、運ばれてきたジョッキを持ち上げて乾杯の仕種をすると、旨そうに喉を鳴らして生ビールを流し込んだ。丈博も軽く会釈をしてジョッキを傾ける。

先刻、駅のホームで藤堂は、彼が痴漢した女を追いかけてどうにかするつもりだと思ったらしい。腕を摑まれた丈博は、そういうことかとようやく理解して、自分もこの駅で降りるのだと説明した。しかし、一度はまた乗車するような様子を見せただけに、その理由まで正直に言わなければならなかった。

藤堂も共犯者であるだけに、ほどなく納得してくれたが、その時はもうホームに人影はなく、そのまま立ち去るのは何となく気が引けた。自分を引き留めたことで、彼が次の電車まで待つことになったからだ。

だからといってそれ以上話すことも見当たらず、妙な居心地で立ち尽くしていると、彼がちょっと付き合わないかと言いだした。そして、わざわざ下車して居酒屋に誘ってくれたのだった。

「ところで君ね、そのバッジは具合悪いよなあ」

「えっ……？」

藤堂の視線は、丈博のスーツの衿に留めてある社章のピンバッジに注がれていた。おもむろに丈博の方に身を乗り出すと、彼は声を落として言った。

「たとえ捕まらなくても、どこの会社の人間か知られるってことは、後々マズイことになりかねないからな」

見ると藤堂の衿にはバッジを留めてあった痕が残っている。混んだ電車に乗る時には、前もって外しておくのだろう。痴漢の常習者らしい配慮というより、付けたままの丈博の方が迂闊《うかつ》と言うべきかもしれない。

「ああ、そういえばそうですね……。全然、気がつかなかった」

赤面した丈博は、照れ隠しに店内を見回した。引っ越してから地元で飲むのは初めてだが、落ち着いた雰囲気の良い店だ。

「君はいつ頃からやってるんだ？」

「えっ……あっ、ぼくですか……、ええとですね……」

藤堂は痴漢の話題を続け、ストレートに尋ねてきた。駅で彼に誘われた時、丈博はいろいろ教えてほしいと思ったのだが、こんなふうに店の中で話題にするにはやはり恥ずかしいものがある。緊張して声がうわずりそうになるのを抑えながら、痴漢に興味を持ちはじめた経緯を話した。

「それじゃあ、肝を冷やした経験もまだないわけだ。なるほどね。それならよく憶えておいてほしいんだけどね……」

藤堂はそんなふうに切り出すと、自身の経験や痴漢についての考え方を話しはじめた。彼が強調するのは、嫌がっているのに怖くて声も出せないような女を無理やり触ってはいけない、ということだった。彼の言葉によれば、それは〝痴漢のモラルに反する〟ことらしい。ましてや多人数で囲んでそんなことをするのは、もはや痴漢とは言えない、車内レイプに他ならないと言うのだ。

「痴漢のモラル、ですか？」

「そうだよ。節度をもって愉しまなきゃいかんのだよ、痴漢ていうものは」

丈博が感心して言うと、藤堂はいかにも愉しそうにジョッキを空けた。声は意識的に落としているが、豪快に破顔してみせる。本来なら後ろめたいはずの話なのに、おかげで丈博まで愉快な気分になるのだった。

「痴漢は犯罪だって、駅のポスターにも書いてあるだろ。あれはつまり、嫌がる女にやるから罪になるんだよ。そもそも痴漢は親告罪だから、本人が許してれば犯罪になんかなるわけがない。要するに、お互いに愉しめればなんの問題もないってことだよ。ただし、拒まれなければ誰にやってもいいというわけじゃない。さっきも言ったように、嫌だけど怖くて抵抗できないって女はダメだ。たとえ捕まらなくても、それは立派な犯罪だよ」

言葉の端々に信念というか、彼なりの痴漢哲学のようなものが感じられるし、噛んで含めるような物言いを、丈博は新鮮に感じていた。しかも、真っ直ぐに彼の目を見て話すから、気持ちがしっかり伝わってくる。

——こんなふうに懇切丁寧に話してくれる人が上司だったら、ずいぶん楽なんだろうな。

丈博は妙なところに感心しながら聞いていた。上司の山浦美樹は、基本的なことをきちんと説明したら、〝その先は自分で考えろ〟的な姿勢を貫いている。

それでも不満の声はほとんど聞こえてこないし、彼自身も嫌だとは思っていない。それは美樹の女としての魅力のなせる業かもしれない。藤堂のような人が上司ならきっと楽だろうと思いながらも、美樹の厳しさに馴染んでいる自分をあらためて感じるのだった。

「つまり、女がどんな気持ちでいるのかってことが大事なわけで、声を出さないのと出せないのでは、天と地ほどの差があるんだ、判るだろう？　拒まないのか、拒めないのか、その違いをきちんと見極めなきゃいかんてことだな。それはまあ、観察力と経験てことになるわけだけどね」

丈博はそれとなく釘を刺されたような気がして眉を寄せた。すると藤堂の方がそれを気にしたのか、とりなすように話題を変えた。

「さっきの女だけどね、あれはいいぞ。あんな上玉には滅多に出会えないからね。同じ駅ってことは、毎朝、時間をずらしながら張ってみるといい。うまいこと乗車時刻が判れば、なかなか面白くなりそうじゃないか。ひとつ頑張ってみたらどうだ」

「そうなんですけど、結局見失っちゃったから……。改札出てどっちの階段を降りたか判らないと、ここの駅は待ち伏せるのが難しそうなんですよ。改札の前できょろきょろしてると目立っちゃうんで」

丈博はホームで美樹を追いかけようとした時に考えていたことを話したが、残念そうに言いながらも、何か良い方法がありそうな気もしていた。

「なるほど、要するにあそこで引き留めたのがまずかったわけだ。それは申し訳ないことをしたね」

「いいんですよ、そんな……」

藤堂は本気で恐縮しているようだった。丈博は少し慌てたが、それより美樹のことをもっとよく訊いておきたかった。

「それより、あの女……、最初から全然抵抗しなかったんですか？」

会社の上司であることは伏せておいた方がいいような気がしたので、あくまでも今日初めて見かけた女で通すことにした。

「いや、そんなことはないよ。プライドが高そうな感じだったから、こっちも最初はどうしようかと思ったんだ。それで様子見にちょっと触れてみたら、案の定、手でガードしてきた。ところがだね……」

そこで一拍おくと、藤堂の目に好色な光が浮かんだ。丈博は早くその先が聞きたくて、思わず腰が浮きかける。

「そのうちにガードがだんだん甘くなってきたんだよ。といっても、こっちが強引に出たわけじゃない。むしろ、こりゃあダメかなと諦め半分で、軽い接触だけに留めていた、……にもかかわらずだよ」

「どういう意味ですか？」

「つまり、こっちはただ軽く触れていただけなのに、ガードしていたあの女の手が、ちょっとずつ緩んでくるんだよ。それでピンときたから、指先を土手の少し上あたりに接触させたのさ、触れるか触れないかってくらいに、極々軽い感じでね」

藤堂は小芝居めいた口調で語りながら、テーブルの上で微妙な手つきをして見せた。

丈博にとっては臨場感たっぷりの説明で、パンツ越しの秘肉の感触を思い出しながら、頭の中で自分と藤堂の位置を入れ替えて、触りはじめる時の緊張感を想像してみた。すると、ペニスが即座に疼きだし、みるみる芯が通ってくる。ズボンの前がきつく感じて、しきりに尻をもぞもぞさせてしまった。

藤堂の話によると、そうやって軽く触れているうちに、美樹はとうとう自らガードの手を解いてしまったのだという。彼が積極的に出たのはその後だというから、美樹は痴漢を許したというより、実は触ってほしかったのではないか。

——痴漢されるのを密かに待っていたとか……。

丈博の中で、美貌の人妻課長がまたひとつ別の顔を見せた。それは他の社員どころか、彼女の夫さえ知らない一面かもしれない。そんなふうに考えると、身震いしそうなほど胸が沸き立った。

「まあ、拒み続けようかどうしようか迷っているのが判ったから、わざと焦らすような触り方をしたことは確かなんだけどね。そういう時の、躊躇いがちに手をどけてくれる瞬間てのは最高だね。あれは、何度経験してもたまらないねえ」

しみじみと語る藤堂を、丈博は羨望のまなざしで見つめた。やることにベテランならではの余裕が感じられるが、その彼が最高だと語る瞬間とは、いったいどんなものなのか、容易には想像がつかなくてもどかしい。

「あれはきっと、見た目通りにプライドの高い女だと思うよ。普段は絶対に弱味を見せないに違いない。ところが、あれだけの感度の持ち主だからねえ、知っている人間がいない所では快感の誘惑に抗《あらが》えないとか、そんなところじゃないかな」

「たしかにプライドは高そうでしたね……」

オフィスでの美樹が頭に浮かんでいた。彼女は決して高慢なわけではないが、仕事に対する自信も責任感も強い。高いプライドを持っているのは、社員の誰もが知っていることだ。それだけに痴漢に抵抗しなかったのがいまでも不思議で、逆にその意外な事実に昂奮させられもするのだ。

「だからね、痴漢の指に感じてしまう自分を羞じる気持ちは、相当強いものがあるはずだし、それでますます昂ぶってしまうってわけだ。そういう女は、いったん感じさせてしまえば、あとはやりたい放題だな。もっとも、周りにバレないように注意してやらないと、突然拒否してくる場合もあるけどね」

丈博はなるほどと思った。やはり自分が触りはじめた時点で、美樹はかなり感じていたのだろう。オイシイ思いができたのは、藤堂がすっかりお膳立てしてくれたからこそだ。そういうことなら今度は自分一人で試してみたいと思うが、美樹に対する不可解な気持ちは、依然として燻《くすぶ》ったままだ。

「でも、それならどうして、感じてしまわないように最初からはっきり拒絶しないんですかね。プライドが高ければ、普通はそうするんじゃないですか」

会社での山浦美樹のイメージからすると、そういう態度の方がしっくりくるのだ。あれだけ愉しませてもらったのはうれしいが、それはそれとして、どうして拒まないのかがやはり理解できなかった。

「だからさ、痴漢された時の快感を、あの女が知ってるということだよ。まあ、これは痴漢する方だけじゃなくて、される女の側にも言えることだと思うけど、セックスとは全然違う、別の種類の快感てものがあるわけだ。それはきみも判るだろう」

「ええ、まあ……」

「その快感を知ってしまったために拒めないとか、つい許してしまうとか、そういう女はけっこういるんだよ。頭ではなく、体の方が受け容れてしまうわけだな。そういう女は、普段見せてる自分と隠してる内面のギャップで昂奮するんだろうな。触られている時は特にね。なにしろ女ってのは、自分が周りからどう見られているかに敏感だからね」

「自分自身のギャップに昂奮するってことですか」

「そう。たとえば痴漢に触られてる時に、まあ恋人でも友だちでもいいけど、親しい人を思い浮かべるわけだ。で、自分がこうして痴漢の指で気持ちよくなってるのを知ったら、どんな顔をされるだろうとか、とんでもない軽蔑のまなざしを向けられるんじゃないかとか、いろいろ想像することで昂奮が増すわけだな」

「なるほど、よく判ります」

「要するに羞恥ってのは、快楽に結びつきやすいからね。実際に恥ずかしい姿を晒さなくても、想像するだけで濡れてしまう女は少なくないよ。特にインテリっていうか、知的でしかも社会的に地位が高い女ほどその傾向が強いようだな」

「なるほど……」

言われてみればその通りかもしれないと、彼女が上司であることをつい喋りそうになる自分を制した。同時に、社内の人たちの顔が脳裡を過《よ》ぎった。自分だけが山浦美樹の意外な素顔を知っているという優越感、そして彼らが想像だにしない猥褻行為のチャンスがまた巡ってこないかという期待感が、丈博の胸を熱くかき立てる。

藤堂はそれからまたいくつか経験談を披露してくれ、やがて話が一段落したところで、藤堂が腕時計に目をやり、「じゃあ、そろそろ……」と言った。

店内は満席になっていて、入口では新たにやって来た客を店員が申し訳なさそうに断っている。藤堂は腰を上げると、伝票を掴んだ手をその店員に向かって振って見せた。丈博は思いがけず貴重な経験ができたことを歓び、充たされた気分でゆっくり立ち上がった。

翌朝、丈博はいつもより十分ほど早めに部屋を出た。もちろん山浦美樹の乗車時刻をさぐるためだ。しかし、彼女の出勤時間が早いのは周知のことで、この程度では無理だろうという気はしていた。社に着いてみると、案の定、美樹はすでに課長席でパソコンのモニターに目をやっていた。

課長が早く出社するからといって、部下がプレッシャーを感じて早く出てくる必要はない。それは美樹自身も言っていることで、丈博はいつも始業時刻の五分前までに席に着くようにしている。だから、あまり早く出社しては訝られると思い、とりあえず今日はこれくらいで様子を見ることにしたのだ。

だが、よく考えてみれば、美樹の出社が想像以上に早いということもあり得る。もしそうだとしたら、彼が少しずつ出勤を早めるにしても限度というものがある。いずれは彼女自身が変に思うかもしれない。

丈博はもっと確実な良い方法はないだろうかと考えながら、隣の吉田《よしだ》に挨拶をして席に着いた。

「おはよう。今日は早いね」

一瞬、吉田の言葉に身構える気分になった。それでも不思議そうに見られたりはしなかったので、丈博も軽く受け流して、パソコンの電源を入れた。

二年先輩の吉田は自宅が遠いために、いつも余裕を持って早めに出社しているということだ。それで丈博は、「相変わらず課長は早いですね」と鎌を掛けてみたくなった。彼が美樹の出社時刻を知っているか、もしくはおおよその見当がつくかもしれないと思ったのだ。

しかし、それでは藪を突いて蛇を出すことにもなりかねない。丈博は勘繰られるのを危惧して、口から出かかった言葉を呑み込んだ。昨夜から頭の中はすっかり人妻課長に占領されているが、だからこそ普段と変わった言動は慎まなければならなかった。

――住所さえ判れば、駅の近くで張り込めるんだけどな。

住まいは駅からどちらの方向なのか、それさえ判れば楽なのに、住所など社員の個人情報は総務部がしっかり管理しているから、調べようがないだろう。

そう考えると、昨夜、改札まで追えなかったのがつくづく悔やまれる。もっとも、そのおかげで藤堂から興味深い話がいろいろ聞けたのだから、良しとしなければいけないのだろう。

丈博は悔やむ気持ちを抑え、課長席にチラッと目をやった。おそらくメールをチェックしているところだろう、モニターを追う美樹の視線はもう完璧に仕事モードに入っていて、引き結んだ口元にいつもの厳しさが表れている。昨日、ひくひく腰を震わせて、いやらしい反応を見せた女と同一人物とは、とても思えなかった。

――もしかしたら今朝だって……。

満員電車で下着をぐっしょり濡らしてきたかもしれない。きりっとした美樹の顔つきが、かえってそんな想像をかき立てる。快楽の高まりを必死に押し殺す表情を、正面から見てみたいとも思う。

するとその時、丈博の脳裡に鋭く閃くものがあった。彼女の出勤時間が早いのは、仕事のためというより、電車内や駅で他の社員と顔を合わせたくないからではないか。もっと具体的に言えば、痴漢されているところや、その昂奮が尾を引いている状態で社員と出くわすことを、極力避けるためではないかと思ったのだ。

それは突拍子もない思いつきのようでありながら、彼女ならそこまで慎重に考えていて当然、という気もする。いったん浮かび上がると、その考えは頭から離れなくなってしまった。

「島崎。どうかしたのか?」

「えっ……」

不意に横から吉田の声がして吃驚《びっくり》した。丈博がモニターを見つめたままボーッとしているので、訝しんだようだ。

「いえ、なんでもないです。どうもしてません」

平静を装ってメールチェックにかかると、吉田はそれ以上は何も言わず、自分の仕事に戻ってくれた。一瞬、背中に冷たい汗が浮いたが、何事もなかったようにモニター画面を追っていく。美樹のことがちらついて仕方ないが、頭の中を早く仕事へ切り替えねばならなかった。

丈博が勤める食品会社は、幅広い商品を製造販売しているが、創業当時はスパイスやハーブの輸入販売を手がける小さな会社だった。売上が上がるに従って扱う品目を増やし、製造販売に転換してから急速に業績を伸ばしたのだ。

現在ではスパイスやドレッシングの他に、カレールウやシチューなどの加工品、パスタソース、スープなどのレトルト食品、スナック菓子類も手がけ、さらに最近ではペットボトルのハーブティーで飲料類にも進出している。

丈博がいる第一営業部は、チェーン展開しているスーパーなど、いわゆる量販店に対する営業活動をしている。一課が本部を担当し、二課と山浦美樹が率いるこの三課が各店舗をフォローするが、もちろん緊密な連携が必要なので、全体で一つの大きな部署のように機能しているのが特徴だ。

主には販促企画を立てて本部と交渉し、それから各店舗と交渉していくのだが、その他にも、店舗ごとに独自の販促企画や効果的な棚割を提案したりする。また、そうしたこととは別に、二課と三課には、店頭での客の反応などを日常的に調査して、売れ行きのデータとともにマーケティング部にフィードバックするという重要な仕事がある。新商品の企画開発に協力するためだ。

以前、丈博が耳にしたところでは、美樹は元々はマーケティング部の所属で、現在営業部にいるのは、言ってみれば社内出向のようなものらしい。商品が売られる現場にいちばん近い所で彼女に働いてもらい、マーケティング部門の後々の強化に繋げたいという考えが経営陣にあるというのだ。

つまり、いずれ美樹は元の部署に戻ることになるわけで、いま課長職で営業にいるというのは、それだけ会社から期待されている証拠と言っていい。仕事に厳しいのも伊達ではないし、結婚しても辞めないのは当然のことと頷ける。

「おい、島崎。九時半には出るから、遅れないようにな」

「あっ……、はい。大丈夫です」

メールチェックを続けていたところを、斜向かいに座る椎葉《しいば》に声をかけられ、慌てて返事をした。

丈博はそろそろ自分の担当を持たされる時期だが、いまはまだ先輩社員に付き添っている状態だ。今日は椎葉が担当する店に同行することになっているが、うっかりして社を出る時間を気にかけていなかった。

――やべっ！　もう十五分もないや。

出かける前にもう一度、椎葉の日報を確認しておかなければならない。急いでメールを閉じて、日報にアクセスした。

営業部員の日報は、社内のイントラネットで誰もが自由に閲覧できるようになっている。販促計画の進捗《しんちょく》はどうか、どのチェーン店でどんな動きがあるか、各人がそれぞれの店舗でどういう営業活動をしているかといった情報を共有することが、この仕事にはとても大切だ。

とりわけ店舗ごとの独自の販促計画については、内容や結果を他の者が積極的に取り入れて、新たな計画案を立てる上での参考にしている。

また、丈博の場合、先輩に同行する時には、行き先に関係する日報を予めチェックしておくことが不可欠だった。先輩にとっては彼にいちいち情況を説明する時間が省けるし、丈博も観点をより鮮明にしてその人の仕事を見ることができる。前もって質問事項を用意しておける利点もある。

椎葉の日報は昨日の夕方、一応のチェックをすませてあるが、今朝、再度確認するつもりでいた。それをついうっかりしていたのは、もちろん美樹のことが影響しているからで、やはりまだ仕事モードに切り替わっていなかったようだ。

要点を再確認するだけの時間しかないので、丈博は懸命にモニターに目を走らせた。そして、ようやく頭の中で業務態勢が整う頃になって、

「島崎君、ちょっといいかしら」

山浦美樹が課長席で手を挙げ、細くてもよく通る声で彼を呼んだ。仕事に集中できそうなのに、わざわざ邪魔をするためではないかと思えるタイミングで彼の気持ちを引き戻してしまう。

「あっ、はい！」

いつになく元気な返事をしてしまい、丈博は内心苦笑いで腰を上げた。

「例のアンケートの件だけど、思った以上に集まりがいいのね。それで来週から派遣さんを増員して入力してもらうことにしたんだけど、進捗の管理とデータのまとめを島崎君にやってもらいたいの。本来の担当は岡部《おかべ》君だけど、別件で詰まってるから替わってあげて」

「はい。わかりました」

「詳しいことは岡部君に聞いてちょうだい。それとね……」

美樹はいつもの引き締まった表情を不意に崩し、まるでデートにでも誘うような、きらめく瞳を向けてきた。彼女が時折見せるまなざしだ。途端に丈博の心臓が大きく脈を打ち、首筋を熱いものが駆け上った。何か厳しいことを言われるのだと身構える一方で、魅惑の瞳に吸い込まれるようで胸が疼いた。

「アンケートがまとまったら、その結果について、君なりのレポートを書いてみて。

それは社内に回さずに、わたしに見せてくれるだけでいいから。ただし、きちんと売れ行きとリンクさせたものを書くのよ、言うまでもないことだけど」

最後はまた元の表情に戻り、厳しく言い渡した。見慣れたいつもの山浦課長を前にすると、かえって股間や指になまなましい感覚が甦るようだ。昨日の帰りの電車で背後から触ったのは自分だと、つい言ってしまいたくなるが、丈博はそれを堪えて真顔を保ち続けた。

「売れ行きとですか……、わかりました」

例のアンケートというのは、新発売したスポーツ飲料のキャンペーンに付随したプレゼント用のもので、認知度や飲料の嗜好について問うものだ。インターネット、店頭置きの応募用紙、葉書の三パターンで集めていて、用紙と葉書の集計については入力作業が必要になる。

まとめたデータを本格的に分析するのは、マーケティング部との共同作業になるが、それとは別に、入社一年目の丈博を鍛える意味でレポート提出という課題を与えたわけで、いかにも美樹らしいやり方だった。

部下に特別な要求をしたり、厳しいことを言う時、彼女の瞳はいつも意味ありげに光を帯びるのだが、そんな目で見つめられると、〝君のことは期待してるんだから頑張ってね〟とでも言われた気分になる。おかげでどんな厳しいことでも頑張って応えようと気合いが入るのだ。

それは丈博のみならず、おそらく三課の男子社員すべてに言えることなのだ。どれだけ仕事に厳しい上司でも、しっかりついて行こうと皆が思うのは、美樹の魅力がそうさせるからに違いない。

しかし、いまの丈博にとってはそれだけではない。痴漢の指に腰をくねらせる美樹のもう一つの顔が、彼の心を揺さぶるのだ。彼女の厳しさに応えようという自分を、邪な気持ちが邪魔をするようだった。

——売れ行きとリンクってのは、キャンペーン商品だけじゃなくて、他のものや過去のデータも参照しろってことだよな、きっと。

はっきり言わなくても、美樹がそこまで要求しているのは間違いないので、生半可なものを書いてすませるわけにはいかない。

丈博が覚悟を決めて頷くと、美樹は「じゃあ、行ってらっしゃい」と、椎葉の方を目で示した。彼はもうパソコンの電源を落とし、課長との話が終わるのを待っている。

丈博は軽く礼をして踵《きびす》を返した。

その日の丈博は、なかなか仕事に身が入らなかった。美樹のことがもやもやと頭の中で燻り続け、おかげで椎葉や得意先の相手の話が右から左へ抜けてしまうことが何度もあった。しまいにはとうとう椎葉に叱責される始末で、帰社して日報をまとめるのにも一苦労だった。

久しぶりに気分がへこんだ丈博だが、さすがに仕事を終えて退社してまで引きずることはなかった。駅に向かって歩きはじめると、もう頭の中は美樹のことだけしかない。電車に乗り合わせる機会をどうやってさぐればいいか、今朝の課題について引き続き考えを巡らせていた。

——こんな時、藤堂さんならどうするかな?

丈博はふとベテランの藤堂のことを思い浮かべた。彼になら適切なアドバイスをもらえそうな気がしたが、もう一度会いたくてもそれは難しい相談だ。こんなことならメールアドレスでも交換しておくべきだったと、そのことが悔やまれてならなかった。

その週の金曜日、願ってもないチャンスが訪れた。帰りのホームで再び山浦美樹を発見したのだ。彼女は先日と同じ、急行の連結器手前の列に並んでいた。

今日は週末で仕事のキリをつけるのに時間がかかり、退社時間が少し遅れた上、美樹も出先から直帰だったので、こんな幸運が巡ってくるとは思いもしなかった。丈博は小躍りしたい気分で彼女と同じ列に並んだ。

帰宅ラッシュはそろそろ落ち着きはじめる時間だったが、急行なら混み具合はまだ期待していいはずだと、列の隙間に見える美樹の後ろ姿に早くも胸を躍らせた。今日の彼女はキャメルのショートジャケットに、スカートはオフホワイトのフレアミニ。膝上十センチ程度だからそれほど短いわけではないが、生地は見るからに柔らかそうだった。

視線はジャケットの裾からのぞいた魅惑のヒップに吸い寄せられた。後ろにつんと突き出した優美なカーブに、思わず生唾を呑み込んでしまう。そういえば彼女は、ジャケットはショート丈が多いのだが、短い裾から蠱惑的なヒップラインが露わになって、まるで誘っているかのように悩ましい。

一度この手で堪能しているから、見ているだけでも手触りが想像できた。だが、柔らかなフレアミニだと、先日のぴったりしたパンツとは、また違った感触が味わえそうでもあった。そんなことを考えていると、早くも股間がむずりと強張ってしまうのだった。

丈博は昂ぶる気持ちを抑えて、列に並んでいる人たちをさり気なく確認していった。彼女の魅力溢れるボディを狙っている男が、他にいてもおかしくない。もしライバルがいるなら、乗車時の位置取りを巧くやらないと泣きを見ることになる。

一人ずつチェックしていくと、丈博のすぐ横とその前、二人のサラリーマンが美樹を見ているのが判った。どちらもヒップと頭部に視線を往復させている。

――スタイルのいい女に目が行っただけか、それとも触れそうな女かどうか、品定めをしているのか……。

しばらく観察していると、前の男はほどなく視線を外したが、隣の男は執拗に見つめている。この男も痴漢かもしれないと、丈博は警戒しはじめた。乗る時にしっかり牽制しなければならないが、あまり露骨にやると他の乗客に不審がられてしまう。何とか巧く美樹の背後を確保できるかどうか――気持ちの高まりが武者震いになり、丈博はゆっくりと大きく息を吐いた。

心を落ち着けながら列全体を眺め、並んでいる人数をざっと目算してみる。美樹より前に並ぶ人たちから座席に座れる人数を差し引くと、それほど多くは残らないようだった。

――ということは……。

彼女が乗り込む時点では、座れない乗客はまだ少ないから、気負って彼女の背後にぴったり付こうとすると、怪しい動きになって目立ってしまう。それよりも慌てずに乗り込むことだ。美樹が車内のどの位置に行くかを見極めながら、不自然にならない動きでそれを追った方が賢明だろう。もちろん、隣にいる男は牽制しなければならないが——。

丈博はこれだけ冷静に分析できることを誇らしく思ったが、それは藤堂から聞いた細かなテクニックの一つだった。彼は先日、ホームで物色する上でのポイントや乗り込む際の位置取り、さらには触るタイミング、女の反応等について、蓄積した経験の中からいくつかを披露してくれたのだ。

列に並んでいる時点で、乗り込む時の情況を予想しておけ、というのもその一つだった。特に始発の場合、前方の人たちは座れるのだから、あまり前に並ぶのは良くないと教えられていた。それを思い出して、列の人数を確認したのだ。

しばらくすると、急行電車がホームに入ってきた。丈博は乗車側のドアが開くのを待ちながら、横のサラリーマンと美樹を交互に見て、動きだすタイミングを計っていた。

やがてドアが開いて列が動きはじめたが、ラッシュのピーク時のような殺気立った雰囲気はない。美樹もゆっくり進んでいくが、横の男は前の一人を追い越したいらしく、せっつく勢いだ。

——やっぱり狙ってるな。

丈博はゆっくり歩きながら、その男の前に体を割り込ませるタイミングを考えた。乗り込む瞬間がいいと思ったが、簡単そうではなかった。

美樹が乗ったのは、予想した通り、列の前方にいた乗客が横長の座席に座りきって間もなくだった。横の男は乗り込む直前に一人を追い越していて、彼女の背後に貼りつくように進む。丈博はそこで遅れをとってしまって慌てた。

乗客は車両の中程に進んで吊革に摑まる者と、反対側のドアの方に行く者とに分かれるが、美樹は座席の端とドアとの境に向かう。痴漢するには都合の良い、いわゆる〝三角地帯〟だ。

ところが、彼女はいったん右に行きかけて止まり、左の三角地帯に変えた。右側は他の人に先を越されたからだが、背後に貼りついた男にとっては、その一瞬の間が命取りだった。美樹にフェイントをかけられて振りきられる恰好になり、そのまま後ろの乗客に押されて右側に進むしかなかった。

後れをとった丈博にはそれが味方して、向きを変えた美樹の背後にぴたりと追いつくタイミングだった。影のように美樹について左側の三角地帯まで進み、少し隙間を空けて立った。接近しすぎることなく、それでいて他の人に割り込まれる心配のない間隔だ。バッグを網棚に上げ、手摺りを摑んで背後をしっかりキープすると、美樹の髪が甘やかに匂い、鼻腔を悩ましく刺激した。

——振り返らないでくださいよ。頼むから、絶対に振り返らないでくださいよ、山浦課長。そのまま、じっと……。

すぐ背後に立っていても、ドアに顔が写る位置ではないから、彼女が振り向かない限りバレることはない。このままの体勢で発車すれば完璧だ。この前とは反対のホームだから、最初の停車駅で開くのは後ろのドアで、人が乗ってくれば押されて自然に美樹と密着できるのだ。

丈博は早くも期待に胸が騒ぎ、息が荒くなりそうだ。少し落ち着こうと呼吸を深くすると、鼻腔をくすぐる髪の匂いが濃くなった。

——ああ、これだ！　この匂い……。

頭皮の脂っぽさが混じった美樹の香りが、生身の女を感じさせる。優美なボディラインが発散する女の魅力とは別の、分泌物がイメージさせる肉体のなまなましさがあった。

股間のむず痒い疼きが強まったかと思うと、トランクスの下で、毛叢を払い除けるようにペニスが頭を擡《もた》げはじめた。まだ触れてもいないのに、美樹の髪の匂いを嗅いだだけで鋭く反応してしまう。そのことがさらに自らを煽るようで、確実に勃起へと向かっていった。

車内は発車時刻を待つ間に人が増えていくが、まだ互いに接触することなく立っていられる状態だった。それでも次の駅では満員になるだろうから、じっくり果報を待つ気分だ。

やがて発車を告げるアナウンスと電子音が響いて、背後でドアが閉まった。

——ようし、これで完璧だ。次でぴったり貼りつけるぞ。

電車が動きだすまで、美樹は一度も振り向かなかったので、もうこれで安心だと、丈博は確信を得た。

絶妙な間隔は相変わらず維持していたが、電車の揺れによって、股間が美樹のヒップに触れそうになる。彼女がドア横の手摺りに掴まって動かないので、膨らみだした股間が、接近したり離れたりを繰り返しているのだ。

その際どい間隔を見下ろすうちに、丈博はそろりと擦りつけてみたい衝動に駆られた。強く押しつけたりしないで、様子を見る程度なら問題なさそうだ。しかし、自然に密着できる次の駅まで待つべきだという気もした。

丈博の逡巡をよそに、電車の揺れが不意に大きくなった。その瞬間、盛り上がった股間が美樹のヒップに思いきり押しつけられた。すぐに離れはしたが、一瞬の柔らかな肉の感触はペニスに残り、下腹部にじんわりと拡がっていく。ペニスはさらに硬く聳《そそ》り立っていった。

まったくの不可抗力だったから、美樹もすぐに痴漢と疑いはしないだろう。だが、硬いモノが押し当たったのは気づいたはずだから、もしやと思うかもしれない。

——駅まであと何分かかるんだ……。早く着いてくれないかなあ……。

すっかり勃起してしまったペニスを持て余して、丈博はしだいに焦れったくなってきた。美樹がもしやと思いはじめているなら、そうですよ、痴漢ですよと合図してみたらどうか。反応を見てみたい気もするが、藤堂も最初はガードしてきたと言っていたから、いまはよけいな手出しをしない方が賢明なのか——。丈博はなおも迷い続けていた。

だが、一瞬ではあっても、心地よさはペニスがしっかり憶えていて、頭よりも体が先に動いてしまった。美樹のヒップと股間の距離を、車両が少し揺れれば触れてしまうくらいに詰めていたのだ。これなら不可抗力ということになるかもしれないと、後からエクスキューズが思い浮かんだ。

すぐに小さな揺れが来て、フレアミニのヒップをズボンの隆起がかすめた。軽い接触だったが、かえって尻肉の柔らかさが際立つようで、先日のパンツスタイルの時より柔媚な感じがした。

判っているのかいないのか、美樹は後ろを気にする気配を見せない。それで丈博は勇気づけられ、股間を慎重に押し進めて、微かに触れさせたままにした。その状態で、電車の振動に任せるように腰を左右に揺すってみる。

——おおっ、いいぞ、これ！

周囲を警戒した小幅な動きでも、隆起の表面で柔らかな円みを感じ取ることができて、意外に新鮮な感覚を味わえるのだった。ぐいっと押しつけたい衝動は堪えるしかないが、いつでもいたぶることのできる獲物を捕獲したような気分だ。

美樹はどうやら気がついたようだった。電車の揺れに対して、さっきまでは自然に上体が揺れていたのに、いつの間にか動きが小さくなっている。手摺りを握る手にぎゅっと力が入っているのが、彼女の肩越しに見えた。上体の揺れが小さくなったのは、緊張で身を強張らせているからに違いない。

背後の人物が痴漢らしいと気づいて、美樹はどう対処するか。次の駅でさらに混むのは判っているので、そこで体勢をずらしたりしなければ、拒む意志はないものと考えてよさそうだ。電車がスピードを落としはじめたのとは逆に、丈博の気持ちはますます高まっていった。

間もなく駅に到着して、背後でドアが開いた。降りる人はほとんどいないようで、すぐに乗り込んでくる気配がした。美樹は体の向きを変えることもせず、後ろを気にかける様子もない。じっと何かを待っているようにさえ見える。

――よしよし。これはつまり、OKってことですよね、課長。

そう解釈して、そっと息を詰めていると、すぐに後ろの乗客に背中を押された。そのまま半歩前に出る瞬間、丈博はわずかに左にずれる。座席と美樹の隙間に腰骨を潜り込ませる感じで、ペニスが美樹の横尻に気持ちよく当たる角度を狙ったのだ。

同時にだらりと下げた右手が、ヒップの右の円みを捉える位置に来るように調整していた。親指と人差し指が、Uの字を逆さにした形で触れると、理想的な体勢で密着することができた。

車内はあっと言う間に満員になったが、ピークを過ぎているので、身動き一つできないようなギュウ詰めではなく、隙間なく埋まっている状態だ。痴漢行為にはむしろこの方が適している。何より手元を見られる心配がないし、後ろから強く圧迫されているわけではないので、股間も右手もほどよい力加減で美樹に接触しているのだ。

おかげで柔媚なヒップの感触が心地よく伝わって、ペニスはますます熱り立ってしまう。それをはっきり感じているはずの美樹は、背中に緊張の気配を漂わせているものの、横に逃げようとはしない。嫌ならわずかに体をずらせるくらいの余裕は残っているのにそうしない。

——本当にいいのか？

拒む気配がないので、かえって丈博の方が気になってしまう。初めは手でガードしてきたと藤堂は言ったが、そんな様子もないのだ。まさか急に「この人、痴漢です」なんて声を上げたりはしないと思うが、妙なところで迷いが生じて、丈博はただ密着したまま、次の行動に移るのを躊躇っていた。

間もなく電車は動きだし、加速の揺れが股間を心地よくしてくれる。しばらくすると、丈博は彼女の考えが何となく想像できそうな気がしてきた。藤堂の時は前からだったから、まったく拒まないわけにはいかなかったのだろう。しかし、いまは背後からで、しかも満員になるまでは、痴漢と断定できるほど露骨に押しつけはしなかった。だから、拒否の意思表示をしないからといって、女の側の落ち度にはならないということではないか——。

つまり、好んで痴漢を受け容れたわけではないと、一応の言い訳が立てばいいのであって、自分自身へのエクスキューズを考えてのことだろうと丈博は思った。それが正解なら、まさに彼女のプライドから来る自己弁護と言える。

ふとデスクにいる美樹のキリッと引き締まった顔つきが脳裡に浮かんだ。責任感や自尊心の高さを感じさせる表情はいかにも山浦美樹らしいが、そんな彼女もいまは痴漢のことで頭がいっぱいになっているはずだ。しかもそれは期待の籠もった予感に違いない。だが、まさか背後の男が自分の部下だなんて、想像すらできないだろう。

そんなことを考えると、丈博の胸は身震いするほど高鳴って、股間にはいっそうの血流が注ぎ込まれるのだった。

『痴漢された時の快感を、あの女が知ってるということだよ』

藤堂の言葉が彼に勇気を与えていた。美樹が痴漢の指に感じてしまう自分を羞《は》じるなら、いまからその反応をたっぷり愉しんでやろうと、丈博は密かに笑みを洩らした。

そして、車両の振動よりも少し大きく腰を揺らしはじめた。

熱《いき》り立ったペニスは、根元から先端までぴったり尻肉に寄り添っている。腰をほんの少し横に捻るだけで圧迫感が増し、じんわりと痺れるような心地よさが下腹に拡がっていく。

右手にはフレアミニを通して蠱惑《こわく》的な肉感が伝わっていた。揺れに任せてその円みを堪能していると、ほんの微かにではあるが、指の中程に下着のラインが触れているように感じた。

丈博は揺られてずれたように装い、人差し指の先をその線に添えた。感覚が鋭くなって、間違いなく下着のラインだと判ったが、縁のゴムにしてはずいぶん薄いようだった。どんなパンティなのか想像しながら指先でなぞっていくと、かなりハイレグで薄い生地らしかった。

美樹はやや俯き加減で、時々、横に立っている男や座席の方にチラリと視線を向けたりしているようだ。それはこの前と同じで、周りに勘づかれていないかを気にしているのだろう。

丈博はしだいに遠慮がなくなってきて、指をやや広い範囲に這わせ、勃起をぐりぐり押しつけてみた。すると美樹が、声を抑えてくちびるだけを喘がせたような気がした。はっきり判る角度ではなかったが、硬い肉棒の感触に喘いだのだとしたら、もう半ば感じている証拠だ。

ペニスはすっかり怒張していて、強く押しつけた途端、ぴくりと小さく脈を打った。先端から粘液が洩れたようだった。このまま続ければ、下着やシャツに染みてしまうのは時間の問題だ。しかし、そんなことは気にしていられない。それほどの絶好機を丈博は得ているのだ。

昂ぶるままに手首を返すと、つんと突き出た片尻がすっぽり手のひらに収まった。振動で揺れる手に柔肉が心地よく撓《たわ》み、吸いつくような弾力がある。やはりスカートだと、極上の肉感がいっそうなやましく伝わってくる
美樹の俯く角度がやや深くなり、何かを堪えるように背筋が強張った。だが、彼の手のひらに収まった媚肉は、どこに逃げるでもない。むしろ、その手がどう動くのか、期待を含んで待っているようにも感じられる。

丈博の指は放射状に円みを覆い、小指が割れ目に潜り込む位置にあった。手首を少し捻れば中指がアヌスに届きそうだ。この前の手触りと美樹の反応を思い出しながら、揉み回すようにゆっくり手首を動かしてみる。

その時、丈博はあることに気づいた。パンティの上にストッキングのざらついた感触がないのだ。スカートの下は直接パンティなのか。ホームで並んでいる時に脚も目に入っているはずなのに、記憶は曖昧だった。

生脚《なまあし》というのは意外だが、会社で見た美樹の思い浮かべると、どうもストッキングを穿いていたような気がしてならない。蠱惑的な肉感を味わいつつ、懸命に思い出そうとした。すると、

――そうだよ。濃い茶色のやつ、穿いてたじゃないか！　間違いないよな……なん

で脱いだんだ？　いや、待てよ……。

会社でダークブラウンのネット柄のストッキングを穿いていたのをようやく思い出すと、さきほどホームでもそれを目にしていることに気がついた。

疑問に思った丈博は、生地の感触に意識を集中してみた。ポリエステルらしいスカートの表地はとても薄く、さらに滑るような裏地の感触と、その下はやはりパンティの手触りしか感じられなかった。考えられるのは、太腿までしかないストッキングを穿いているということだ。

——そうなのか!?

ハイレグの薄いパンティと太腿までのストッキング。思い描いた美樹の半裸は刺激に満ちていた。そんな恰好では、スカートの中まで手を入れられたら、直接パンティに触られてしまうというのに、それで痴漢を拒まないのはどういうことなのか。いや、それ以上のことをされる可能性だってあるはずだ。

——課長って、藤堂さんが見抜いた以上にエロい女なんじゃないか……。

丈博は脳髄が沸騰しそうなくらい昂ぶり、脚が震えそうになった。いま自分が触っている相手は、クールビューティーの仮面を被った淫らな牝に過ぎないのか。そう思うと、どうしてもスカートの中に手を忍ばせてみたくなる。

藤堂の体験談を聞いている時は、スカートどころかパンティの中にまで手を潜り込ませる彼が羨《うらや》ましくて仕方なかったが、自分にそんなことができるとは思っていなかった。ところが、美樹の本性を垣間見たこの情況で、その大胆な行為さえ可能だと思えてきた。

丈博は横の乗客に手元を見られていないことを確認してから、柔らかな尻肉を揉んでみた。自在に形を変えつつも、しっかり押し返すような弾力が何ともなやましい。一瞬、きゅっと締まるのは、彼女が感じている証に違いない。

美樹の背中はいっそう強張りを見せるが、丈博が密着しているので周りの乗客に気づかれることはなかった。彼も藤堂の真似をして、気配を消すように息を潜めた。ありふれた通勤電車の光景に溶け込むと、二人の下半身で起きていることが、途轍もなく淫猥なものに思えてならない。

先日は藤堂を共犯者のように感じたが、いまは美樹に対して同じ感覚を覚えてしまう。彼女と二人して周囲の者を欺き、密かに猥褻な行為に耽っている、そんな気がするのだ。

丈博はわざと指の動きをいやらしくしてみた。ただ揉むのではなく、指先を食い込ませて捩るようにしたのだ。美樹のヒップが卑猥に形を変えているのが目に浮かぶ。

それは彼女も同じだろう。内心では羞恥に喘いでいるに違いない。

ところが、スカートが指に纏いついたため、不意に捩れた尻肉の上を滑ってしまった。手にはスカートの生地だけが残され、だがそれは裾をめくり上げようとする手つきそのものだった。

丈博はあっさりと背中を押され、そのまま慎重に手繰り上げていく。途端に手摺りを握る美樹の手に力が入り、甲に筋が浮いた。緊張が増したのは、ヒップがぴくっと引き締まったのでも判った。

彼もまた昂奮と緊張で体が強張った。膝が震えるのを呼吸を深くして落ち着かせ、指先に神経を集中させる。裾を捉えるまでがとても長く感じられ、手繰った布の内側にようやく指を潜らせると、指の甲に別の布が触れた。と同時に、いままでとは違うなまなましい肉の感触があった。

——……!!

薄いパンティに包まれた臀部の柔らかさが、これほど感動的だとは思いもしなかった。学生時代の初体験で、初めてスカートの中に手を入れてパンティに触れたのを思い出し、それとは次元が違うことに気づかされた。藤堂が『セックスとは全然違う別の種類の快感』と言ったのが実感できる。

彼の指が直にパンティに触れた瞬間、尻肉がまた引き締まったが、すぐに緩められた。彼女が左右に視線を動かすのが目尻の気配で判り、丈博も周りに気を配った。その時、電車が再び減速して、停車駅に滑り込んでいった。

開くのはまた背後のドアだ。この駅では混み具合は変わらないか、むしろ増すのだが、乗り降りする人数が多い。スカートをめくったままで大丈夫かどうか迷ったが、いったん元に戻した方が無難なので仕方なく手を離した。

多くの客が降りて、また大勢が乗り込んでくる。結果的には丈博の付近に動きはなく、混み合ったままだった。ドアが閉まる時、丈博はもうスカートを手繰っていた。いったん手を離した時はもったいない気もしたが、一回目よりはスムーズにめくり上げることができて、おかげで気持ちに余裕が生まれていた。

持ち上げたスカートを親指と人差し指で摑み、尻の谷間に中指を潜らせていく。薄いパンティを通して、指先に谷底の肉が触れた。またも双丘が引き締まり、今度はそのまま彼の指を挟みつけた。

谷間の底には硬い窪みが感じられて、そこが恥ずかしいすぼまりだと知れた。皺のざらつきも感じられる。わざとちょこちょこ掻いてみると、いっそう強く挟みつけてきた。

美樹は身を硬くして、金属製の手摺りを折り曲げそうなくらい強く握っている。羞恥を堪えているのは明白だ。できることなら俯いた表情を見てみたい。おそらく日頃オフィスで見せている顔とは別人になっていることだろう。

堪え忍ぶようにくちびるを噛みしめているのか、あるいは眉間に深い皺を刻んでいるかもしれない。想像するだけで背筋が痺れるようだ。

辱《はずかし》めてやりたいような、意地悪な気持ちが湧き上がってきて、丈博は指先を円く這わせたり、押し込むように突き立てたりして弄《もてあそ》んだ。すると、美樹は太腿までひくひく震えはじめた。できることなら指をいったん引き抜いて、匂いを嗅いでみたいとさえ思った。

こんなに大勢の乗客がいる中で、二人の意識だけが同じ一点に集中している。丈博はまたも共犯者の匂いを感じて狂おしいほど昂ぶった。ヒップに押しつけたペニスは、かなりの粘液を垂れ流しているに違いない。ズボンにまで染み出しかねない気もするが、帰宅するのだからそれならそれでもかまわない。

そんなことより丈博の関心は、秘裂がどんな状態になっているか、という点に向いていた。先日はぷっくりした肉感を味わい、湿っているような熱を感じたが、触れて実際はどうなるのかが知りたい。

あの時はあれで充分に感動も昂奮もさせられたが、こうして直にパンティに触れてみると、パンツスタイルの感触は物足りなかったと思ってしまう。欲望にはキリがないということだろう。アヌスの皺さえ感じさせる生地の薄さが、丈博の指をその先へと誘っているのだ。

丈博は周りに勘づかれないように、背筋を伸ばしたまま、少し膝を曲げて腰を落とした。奥へ手を進めようとする時、屈み込むのではなく、そうやって腰を落とした方がいいというのは藤堂のアドバイスだった。

指先の感触がすぼまりよりも柔らかくなった、と感じた途端、想像以上に熱を帯びていることに丈博は驚いた。

——こんなに熱くなってる……。すごい、感じまくってるんじゃないか?

満員の車内で通勤客に埋もれながら、指先で女の秘肉の熱を感じるのは実に淫靡なものだった。丈博は歓喜に胸を昂ぶらせ、谷に沿って前後に擦ってみた。すると薄布の下の肉溝が撓み、湿り気を感じた。

——んっ!?

確かめるように指の腹で押さえると、湿り気がさらにはっきりして範囲も拡がった。と、美樹が全身を硬直させた。丈博が秘部の潤みに気づいたことで、いっそうの羞恥を募らせたに違いない。

そう思った丈博は、わざと指を触れたり離したり、いかにも湿り具合を確かめているといった動作を大袈裟にやってみせた。すると美樹の俯く角度が深まり、白い指が手摺りを強く握り直した。

羞恥が昂奮をさらに煽る——丈博はそのフレーズを胸の内で何度も唱えつつ、湿った秘裂をゆっくりかき回していった。蜜を吸ったパンティが指に貼りつくように纏わり、肉裂を直接いじっているようだ。少々強めに擦ると、溝に指がはまっていく感じさえする。

丈博はあらためて周囲を窺い、心配は無用だと確認した。美樹はうなじから頰のあたりを淡い桜に染めていた。息が荒くなっているわけではないが、秘部のこの情況からすると、意識して押し殺しているのかもしれない。

そのうちに丈博は、指が楽に動かせるようになっていることに気がついた。狭い谷間に潜り込ませ、わずかな範囲をどうにか擦っていたのが、容易にいじり回せるようになってきた。それでつい夢中になりかけたのだが、ふと考えてみると、それは美樹が閉じていた脚を少しずつ開いているからだった。

——自分から開いたのか!!

痴漢の指に感じてしまい、さらなる快感を求めて自ら脚を広げている。先日、藤堂に前から触られた時と同じ状態に違いない。丈博は狂喜して、つい鼻息が荒くなってしまった。

『いったん感じさせてしまえば、あとはやりたい放題だ』

あらためて藤堂の言葉が脳裡に甦った。昂奮で膝が震えてしまいそうになり、何とかして落ち着かせなければならなかった。本格的な痴漢行為に慣れてないことを、美樹に知られたくないからだ。

何度か深呼吸をして昂奮を和らげると、膝の震えを抑えることができた。それでも熱り立ったペニスは痛いほど怒張したままだ。丈博は電車の揺れに合わせ、ずんっ、ずんっと強めに押しつけてみた。ペニスそのものを気持ちよくするというより、肉棒の硬さや大きさを美樹に誇示したいという意図があった。

それがしっかり彼女に伝わったことを、丈博は予想もしない事態で知ることになった。美樹が彼の股間に手を伸ばしてきたのだ。

——えっ……!!

細い指がズボンの盛り上がりに触れた途端、丈博の胸は驚愕と感動が入り混じり、ちょっとした混乱状態に陥った。痴漢を受け容れるだけでなく、まさか自分から触ってくるとは思いもしなかった。

慌てる気持ちもあってすぐに目を落とすと、座席のいちばん端に座っているのはOLで、美樹の左手はちょうどその人の体で隠れる位置にあった。OL本人がわざわざ身を捩って、自分の真横を覗き込みでもしない限り、発覚する恐れはなさそうだ。

そういう位置関係だと判った上で、美樹は手を伸ばしてきたのだろうか。そうだとすれば、ただ緊張で身を強張らせていたのではなく、自分も触りたいという欲求と闘っていたということか——人妻上司の淫らさは、丈博が思っているよりずっと底が深いのかもしれない。

発覚の危険が少ないと判ってやや落ち着きを取り戻すと、丈博はヒップに押しつけていた股間の隆起を少し離し、触りやすいようにしてやった。そして、緩やかになった彼女の秘部をさぐりながら、美樹のしなやかな指の感触を味わった。

最初、指先だけで軽く触れた彼女は、やがて手のひら全体を隆起に押し当ててきた。遠慮がちではあるが、肉棒の大きさを測るような触れ方だった。だが、根元付近に指先があって、亀頭部分は手のひらからはみ出ている。女性の手で怒張全体を収めるのはそもそも無理があった。

丈博は自身の逞しさを強調したくて、彼女の手に股間を押しつけるようにした。明らかに電車の揺れとは無関係な動作だった。すると美樹は、指を微妙に蠢かせながら、長さを調べるように少しずつ上に移動させていく。指先の力がやや強まったのは、硬さも確認したいということか。彼が腰を押し出したことで、遠慮がちだった美樹も少しずつ大胆になっていくようだ。

丈博も自由に指を這い回らせている。濡れた肉裂にパンティを押し込むように突き立てたりもした。湿り気はさらに増していて、ぐしょ濡れと言った方が適切なくらいだ。薄い下着が奥から溢れる蜜を目一杯吸って、彼の指もずいぶん湿ってきている。脇のゴムと内腿の境までさぐっていくと、欲望はさらにその内側へ向かった。秘肉を直接いじってみたくなったのだ。これだけ濡らしていれば、美樹もそれを望んでいるに違いない——。

彼女は姿勢を少しも変えることなく、器用に手首を曲げるだけで、とうとう亀頭まで到達した。ジッパーの両側から挟むようにして、大きさを測っている。それだけではなく、強弱の変化をつけていて、気持ちよくさせようという意志が感じられた。

それならこっちもお返しとばかり、丈博は脇のゴムに指をかけて浮かせた。わずかに空いた隙間に潜り込ませると、夥《おびただ》しい蜜液が溢れていて、にゅるっとした淫靡な手触りに眩暈《めまい》がしそうになった。公共の交通機関にはまったく場違いな卑猥感だ。

丈博が官能の湿地帯に侵入した途端、美樹の下半身が引き締まって、ペニスの先端がきゅっと握り込まれた。思わず肉茎に力が籠もり、またも粘液が洩れ出した。こちらもやはり下着にべったり染みている。

蜜の壺を求めて肉びらの間に指を埋めると、美樹も負けじと雁首のあたりを指で挟み、手首のスナップだけでスライドさせてきた。心地よい波動が湧き起こり、ペニスが脈を打ったのが彼女にも判っただろうか。

入口の窪みはすぐに見つかったが、指を突き立てるには無理があった。もっと腰を落とさないと指が入っていかないが、そこまでやれば間違いなく不審に思われるだろう。

――なんだよ、もうちょっとなのに……。

秘裂に直接指を這わせているというのに、挿入できないのは何とも理不尽な気がする。美樹の肉びらを弄びながら、丈博は焦れったくて仕方がない。おかげでやや乱暴な指使いになってしまった。

一方、美樹はいったんスライドを中断して、しっとり握り込んできた。そうして強めたり緩めたりを繰り返したが、しばらくするとまたスライドに変えて器用にしごきはじめた。時々硬度を確かめながら、それを交互に繰り返している。そのまま続けられると、射精まで行きそうな気がしてきた。

発覚する心配がほとんどにない位置だとしても、もし射精してしまったら、座っているＯＬに匂いで気づかれてしまうに違いない。丈博は焦る気持ち半分、周りにバレないぎりぎりのところで愉しみたい気持ちが半分だった。

そしてもう一つ、そろそろ降りる駅が近づいてきたことで、美樹に自分の正体を明かしてしまいたい衝動に駆られていた。彼女は痴漢を受け容れただけでなく、自分からも痴女行為に及んだのだから、同じ穴の狢《むじな》と言っていい。もう知られても問題ないと思うし、互いに触り合った相手が直属の部下だと知った時、美樹がどんな表情を見せるだろうという興味が猛然と湧いてきた。考えるだけで背筋がぞくぞくして、彼女の手指に応えるようにペニスが脈を打った。

やがて降車駅が近づいて、電車は減速を始めた。二人はわずかに横に傾《かし》いだが、危うくなるほどの隙間はできなかった。美樹が名残を惜しむように強く握ってきて、そこで丈博の腹が決まった。

美樹の耳元にくちびるを近づけると、濡れたパンティの中から指を抜きながら、吐息のような声で囁いた。

「そろそろ着きますよ、課長」

その瞬間、美樹の全身が凍りついた。だが、急に振り向いたりはしなかったし、慌てて手を離すこともなかった。さぞかし驚いただろうに、周りに訝られる動作を控えたあたりはさすがだった。

それでも首筋がぴくりと動いたのは、生唾を呑み込んだのか。表情を見てみたいが、ドアに映らない位置なのがいまは残念でならない。

「手を離してくださいよ」

もう一度囁くと、美樹は彼の股間からゆっくり手を離した。

第三章　美人上司の裸体

「いったい、どういうつもりなの？」

ホームに降り立った美樹は、改札に向かう人たちを憚《はばか》るように小声で言った。狼狽《ろうばい》を隠そうと無表情に徹するつもりのようだが、まなざしにいつもの彼女らしい力強さがない。しかも、ついさっきまでの昂奮と快楽の名残を留めるかのように、瞳が微かに潤んでいる。

丈博にはそれを冷静に見て取るだけの余裕があった。言葉は彼を問い詰めるものでも、上司としての威厳や強さがいまは感じられず、立場としては自分の方が上だとあらためて思うのだ。

そのおかげと言うべきなのだろう、邪な考えがにわかに膨らんできた。正体を明かそうと決めた時は、ただ山浦美樹を驚かせることしか頭になく、その後のことまでは考えていなかったが、彼女の様子を見て、さきほどの続きをしてみたいという欲が出てきたのだ。

「どういうって、前に課長が痴漢されてるのを見て、ずいぶん気持ちよさそうにしてたから、ぼくもやってあげただけです」

わざと白々しい言い方をしたのは、気持ちの余裕が彼女の反応を愉しむことを選択したからだ。

「……なにを言ってるのか、わからないわ」

美樹はそう言いながら視線を外したが、その目にははっきりと狼狽の色が浮かんだ。丈博がいつ見たのかを伏せて言ったので、心当たりを胸の内で反芻しているのかもしれない。だが、あの時かと容易に思い当たるほど数は少なくないだろう。

「そんな、いまさらとぼけたって意味ないですよ。それより課長の方こそ、どういうつもりだったんですか？　まさか握ってもらえるなんて思わなかったですよ」

丈博はうれしそうに言い、人の流れが去ったことを確認すると、まだ勃起が治まりきっていない股間をこれ見よがしに押さえた。おかげでさっきまでの感覚が甦り、疼きがぶり返した。

美樹はさらに顔を背け、電車が走り去った後の線路に視線を落とした。その横顔が、ホームの照明の下で艶《つや》めいて映る。羞恥を堪えているのか、うっすらくちびるを嚙んだ表情が何ともせつなそうだ。

「山浦課長が実はそういう人だって知ったら、会社のみんなはどんな顔しますかね。絶対ビックリするでしょうね。ああ、それと、旦那さんもね」

「脅すつもり？」

「まさか。誰にも言いませんよ」

丈博は彼女の耳元に顔を近づけて言った。わざと意味深長な口ぶりにしてみたが、誰かに言うつもりなどもちろんない。こんな〝オイシイ秘密〟を口外するのは愚の骨頂。美樹を不安にさせたくて、言い方に含みを持たせただけだ。

彼女の反応は狙い通りだった。誰にも言わないという言葉を、そのまま信じてはいないようで、まなざしが不安げに揺れている。丈博はしだいに肝が据わってきた。

「それより、さっきの続き、させてください。あんな中途半端で終わったら、申し訳ないです」

「……!?」

何を言いだすのかと、美樹は大きく目を瞠った。そんなことはまったく予想していなかったのだろう。丈博自身さえ、ついさきほどまでは考えもしなかったことだ。

「なにをバカなことを……冗談じゃないわ」

「冗談なんかじゃないです。課長だって、ズボンの上から握っただけじゃ、つまんないでしょ」

「やめなさいっ」

美樹の手を摑んで股間に引き寄せると、声を押し殺し、反射的に引っ込めようとした。丈博はこの場で強引に触らせるつもりはなかったが、摑んだ手は放さなかった。焦っている美樹の様子が面白いからだ。あたりを憚るように見回しながら、懸命に手を引っ込めようとする慌てぶりは、オフィスでは到底目にすることのできないものだった。

しかも、摑んでいるのは袖口で、手首のあたりは肌に直接触れている。たとえ手首であっても、山浦課長の肌に触れるのは初めてのこと。しっとり柔らかな皮膚と華奢な関節の感触に胸が高鳴った。

「本当は課長も、あのまま終わりにしたくないから、握ったままでいたんじゃないですか」

「嘘よ。そんなわけないでしょ」

美樹は一瞬、彼を睨むように見たが、見つめ合うと間が持てないのか、すぐに目を逸らしてしまう。

「そうかなあ。もしも、あそこでぼくが声をかけなかったら、握ったまま乗り越しそうな雰囲気でしたよ」

「やめなさい、そんないい加減なこと」

言葉遣いそのものは会社での関係をそのままに、美樹は強く、丈博はあくまでも丁寧だ。しかし、口調にはいまの立場が微妙に影響して、美樹はさほど強い調子ではなく、丈博の方にはしたたかな響きが籠もっていた。

「いい加減じゃないですよ。だって課長……」

またも美樹の耳元に近づいたが、車内の時と違って周囲を気にしなくていいから、囁き声になる必要はない。

「あんなに濡れてたじゃないですか。あれじゃ、もっとしてほしいって思うのは当然ですよ」

「バカなことを……」

恥ずかしい事実を指摘された美樹は、そう言ったきり、反駁《はんばく》する余裕を失ったようだった。ぷいっと顔を背けたのは、怒ったというより、顔色を見られたくないからかもしれない。

「そうかなあ。バカなことじゃないと思いますよ。だって、事実は事実なんだから。

そうでしょう?」

美樹は顔を背けたまま黙っている。しかし、摑まれた手を引っ込めようという力は、いつの間にか失せていた。痴漢されて秘部を濡らしてしまい、それを自分でも判っているのだから無理もないだろう。それ以上に、彼の股間に手を伸ばした事実は消しようがないのだ。

やはりプライドが高い分だけ、いったんそれを打ち砕かれたら弱体を晒してしまうということかもしれない。とりわけ羞恥に弱いのは明白だ。その恥ずべき姿を知ってしまったのだから、彼女の目に映る丈博は、もう入社一年の頼りない部下というだけではないはずだ。

丈博はそんなことを感じて、本当にさっきの続きをやれそうな気がしてきた。しかも、周囲の目を気にしなくていいのであれば、指を挿入できるとかの次元ではなく、もっと過激なことも可能なはずで、車内にいた時とは違う、新たな昂奮が湧き上がってくるのだった。

――でも、どこで……。

気持ちが昂ぶる一方で、具体的な問題がふと頭を過ぎった。そもそもが思わぬ事態だから、適当な場所が咄嗟には浮かばない。駅の近辺を除けばほぼ完全に住宅街なので、それも当然だった。近くにネットカフェがあったはずだが、丈博はまだ入ったことがない。適当なブースがあるか、店員の監視はどの程度なのか、判らないまま飛び込むのはリスクが大きいだろう。カラオケボックスにしても同じことだった。

――そうだよ、公園のトイレがあるじゃないか！

商店街から住宅区域に入って間もないところに公園があって、それほど大きくはないが、きちんと公衆トイレが設置されている。この時間に公園に人がいるのを見た記憶はあまりないので、二人してトイレの個室に入ることは可能だと思った。

「とにかく、ここを出ましょうよ」

そう言って、美樹の手を引いて改札に向かう。彼女の内心の動揺は明らかだから、この情況であれば、強引に出た方がいいと考えたのだ。とにかく、これ以上この場で話を続けることには何の意味もない。

「ちょっと待って。どこへ行くの。ねえ、ちょっと……なにをしようっていうのよ、島崎君……」

彼女は丈博の手を振り払ったりはしなかったが、諦めて一緒に歩くといった感じでもなく、引かれるままに仕方なく付いてくる。弱味を握られているだけに、強い態度に出られないのだろう、そのもどかしさが声に表れていた。やはりここは強気で正解だったと、丈博はほくそ笑んだ。

その一方で、これでもう後には退《ひ》けなくなったという気もしていた。会社ではいつも厳しい女性上司にこんなことを迫ったのだから、もう引き返すことができない所まで来てしまったということだ。その覚悟を自身に求めると、はっきりと腹を決めることができた。

「ほんとにどこへ行くつもり？　ねえ、島崎君」

改札を出るところで、美樹が不安げに言った。いったん抗うように足の運びが鈍ったが、彼が黙って北口の階段に向かうと元の足取りに戻った。丈博はふと、彼女の住まいは南口の方にあるのではないかと思った。

「大丈夫。安心してください。誰にも見られずにすむ場所がありますから、電車の中みたいに、周りの目を気にする必要はないですよ」

「………」

美樹は相変わらず仕方なさそうに付いてくるだけだ。しかし、〝誰にも見られずにすむ……〟という丈博の言葉を聞いたあたりで、彼女の歩みが軽くなったように感じたが、気のせいだろうか。

商店街が途切れると、歩く人は疎《まば》らになった。さっきの急行で降りた人の流れはすでに先を行っている。丈博はあたりを見回し、誰にも見咎められずに公園のトイレに直行できることを確認した。

男子トイレは小便器と個室が一つずつの狭いものだった。丈博は急いで彼女を個室に連れ込み、ドアの鍵をかけた。

頭上の電灯が切れていて、小便器側の明かりは扉で遮られるので、個室内は薄暗かった。おかげで淫靡な雰囲気が濃くなって、痴漢行為の続きをやるには打ってつけの空間だった。

「大きな声を出さないでくださいね。いくら道路から引っ込んでいても、夜だとけっこう響きますから」

「………」

囁き声で注意を促すと、美樹はチラッと睨めつけるように彼を見た。周到に気を配る物言いが憎らしかったのかもしれないが、薄闇の中で光るその瞳は、丈博の背筋をぞくぞくさせた。オフィスでの美樹が甦ったように鋭く、それでいて濡れた感じが妙になまめいている。そのアンバランスさが彼女の魅力をいっそう引き立てるようだった。

丈博は高鳴る胸を抑え、自分と美樹のバッグをまとめてドアノブに引っかけた。それから両腕を広げて美樹を抱きしめようとした。その瞬間、彼女が逃げるように体を反転させたので、背後から抱きつく恰好になった。それでも均整のとれたボディは、その肉感を充分に伝えてくれた。

——ああ、課長を抱きしめてるんだ。嘘みたいだけど、夢じゃないもんな。

丈博は望外の現実に感慨を深くした。胸の昂ぶりは、電車で密着した時とはまた違うものがあった。

「まさか君が、こんなことを平気でやる男だとは、思ってなかったわ。どうやら部下を見る目が甘かったようね」

美樹が声を殺して言った。この期に及んで拒むつもりではなさそうだが、一回り以上も年下の部下に、こんな形で好きにされるのはさすがに悔しいのだろう。何か言ってやらなければ気がすまないといったところか。

「勘違いしないでください。なにも平気ってわけじゃないですよ。こんなに魅力的な課長の体に触れるんですから、緊張しないはずないじゃないですか」

耳元にくちびるを寄せて、丈博も声を押し殺した。意識的に熱い息を耳にかけたので、美樹の体がせつなげにくねった。だが、それでも怯まないところがいかにも彼女らしかった。

「あら、ずいぶん口が巧くなったじゃないの。そういうのを、少しは仕事に生かしてもらいたいものね」

「わかりました。なるべく努力してみます」

丈博はしたたかに言い放った。美樹が強がりを言えば言うほど余裕と自信が漲《みなぎ》って、彼も強気になれるのだった。

「でも、課長が魅力的だっていうのは、お世辞じゃなくてホントですよ。だから痴漢が寄ってくるんじゃないですかね」

熱い吐息で囁きながら、丈博は腰を突き出した。美樹が体をくねらせるので、強張る股間がヒップで心地よく刺激される。肉竿は双丘の狭間にすっぽりと埋まり、柔らかく圧迫されてますます硬度を増していった。

さらに丈博は、前に回している手でバストをさぐろうとした。まだ、バストの感触を味わっていないのだ。ところが、美樹は腕を前で交差させて、しっかりとガードを固めている。

それならそれで構わないという気持ちが彼にはあった。無理して力ずくで触りに行かなくても、いずれ容易に味わえるだろうと楽観していた。それはつまり、強がりを言っていた美樹の言葉が急に途切れたからで、股間の強張りをぐりぐり押しつけた結果に違いなかった。電車内で彼の手指と勃起したペニスに感じてしまった、あの時の状態に近づきつつあるのだろう。

「それはそうと、ぼくの方も上司を見る目が甘かったんでしょうか」

美樹の体のくねりが止まり、彼が何を言いだすのかと身構えた。

「いや、違うなそれは……逆に辛すぎたってことか……まさか、こんなにエッチな体をしてるなんて、思いもしなかったもんな……」

美樹の羞恥を煽るつもりでわざと独り言のように呟くと、谷に埋まっていたペニスを横にずらし、片手をヒップに持って行った。

「はうっ……」

美樹のくちびるから喘ぎが洩れた。電車の時とはまったく違い、丈博が最初から大胆に揉みしだいたのだ。スカートの上から鷲掴みにして、ぐにぐに揉み回すと、すぐに裾をたくし上げてパンティに直接触れる。

美樹がその手から逃れるように一歩、二歩と前に進むので、丈博も片手で抱きかかえたままそれを追った。揉み合う恰好になって髪を留めていたバレッタが落ち、ミディアムヘアがはらりと舞った。美樹が便器を越えてしまうと、もう目の前は壁だ。彼女は壁に貼りついて、丈博が後ろから押さえ込む体勢になった。逃げる彼女を丈博が追った結果ではあるが、まさに痴漢行為の続きに相応しい体勢になった。

指先に触れる薄い布地は湿っていた。電車を降りてから、いままでずっと湿ったままというのも考えにくいから、新たに蜜液が染み出したのだろう。しかし、たったいまトイレに連れ込んだばかりなのだ。それでもう潤んでいるということは、美樹はやはり相当感じやすい体質に違いない。

パンティの中に指を入れるのも間怠っこしいので、丈博は脱がしてしまうことにした。濡れた下着を摘んで引っ張り、ウエストがずり下がったところを一気に引き下ろしていく。

「ああっ、いやっ……」

美樹の口から初めてしおらしい声が洩れた。丈博が知っている彼女とはずいぶん違う、可愛らしい声音だった。彼女自身、その声にやや狼狽《うろた》えたのか、しばらく絶句したままになった。

丈博はパンティを太腿まで下ろすと、無防備になった秘部にすかさず手を潜り込ませた。美樹が慌てて腿を閉じるが、指はぬめった肉びらをすでに捉えていた。

「……」

無言の美樹の背中が、反り気味に強張った。丈博は手をきつく挟まれながらも、中指の先で肉溝をこちょこちょ掻いてみる。すると内側に溜まっていた蜜液が一気に零《こぼ》れ出て、指も内腿もぐっしょり濡れてしまった。まるで熟れ頃の果実が、搾るまでもなく果汁を滴らせるようだ。

「すごいなあ。課長って、ろくにいじらなくても、こんなに濡れちゃうんですね。どうしてかなあ……」

とぼけて言うと、さらに潤みが増した。痴漢してきた年若い部下にトイレに連れ込まれ、好き勝手にされる、そんな自身の恥態に昂ぶっているに違いない。羞恥はこれほど快感に直結するものなのかと、丈博は素直に驚いた。

秘裂の佇まいをさぐろうとしたが、溢れる淫蜜で滑ってしまい、感触がよく判らなかった。肉びらの厚みやはみ出し具合さえ、触感だけでははっきりしないのだ。注意深く形状を辿っているうちに、泉の湧き出る窪みを捉えた。ここか、と思って突っついてみると、指はにゅるりと呆気なく埋没してしまった。

「あんっ……」

またも美樹の口から愛らしい声が洩れた。やや鼻にかかった甘えるような響きで、美樹はまたすぐにくちびるを噛んで声を殺した。その慌てぶりが丈博は愉しくて仕方ない。

洩れた声と連動して、肉壺が丈博の指を締めつけていた。入口の肉がきゅっと締まり、奥の方もひくひくっと収縮したのだ。彼女が声を殺しても、その動きは止まらなかった。入口と中の方がそれぞれ締まったり蠢いたりする。

丈博は中指をできるだけ深く差し入れてから、抜き挿しをした。肉壺の感触をじっくり味わってみたくて、ゆっくりした動きで入れたり出したりを繰り返した。

最初に指が入った時、美樹の体は緊張で強張ったが、それが少しずつ柔らかくなり、腰はくねくねと落ち着きをなくしてきた。しだいにうねりが大きくなり、いかにも熟れきった人妻の肉体という感じが男心をそそる。

丈博はふと、腿まで下げたパンティに目をやった。淡い紫の下着はどちらかと言えば水色に近く、あらためてよく見ると、想像していたよりずっと薄い生地だった。前から見ればおそらくヘアがくっきり浮き出てしまうだろう。しかもシームレスで、クロッチの二重部分もない一枚仕立てになっている。

――エロい下着だな……。

電車内では夢中だったから、ただ薄い生地だと思っただけだが、これだけ濡れていれば、穿いたままでも秘裂が透けて見えるに違いない。レース飾りもないシンプルなものでも、そういう意味ではひどくセクシーな下着だった。

それにしても、こんなに薄い下着では痴漢を歓ばせるだけじゃないかと丈博は思う。だが、その考えはすぐに改め、痴漢よりも本人の方がもっと歓ぶ下着なのだと思うと腑に落ちるのだった。

ストッキングはガーターベルト無しで太腿にぴったりフィットしている。丈博はスカートを大きく捲《まく》りあげて、ウェストの中に裾を押し込んだ。目の前に剝き出しのヒップとストッキングに包まれた太腿という、官能的なバックショットが晒された。

つんと突き出たヒップはやはり弛《ゆる》みがなく、陶器のように滑らかだ。見ているだけで柔らかな触感が想像できる。しかも、薄闇にそこだけが白く浮き上がるようで、芸術的な美しささえ感じさせる。

とても肌理《きめ》が細かいストッキングは見るからに高級そうだ。幅広のレース部分が腿にきつく食い込むことなく、それでいて足元までまったく弛みが出ていないから、しなやかに伸びる脚線美がいっそう強調されているのだった。

そこにずり下げた薄いパンティが絡まって、恥ずかしいシミがくっきり残っているのだから、これ以上に煽情的な光景を想像しろと言われても難しい。

丈博がまじまじ眺めていると、美樹がスカートを元に戻そうとウェストに手をやった。その手を摑んで払い除けると、彼女はそれきり何もせず、悩ましい姿を晒したままになった。スカートを戻そうとしたのは形ばかりの反抗で、本当は恥ずかしい姿を見られて昂奮しているのではないか——。

そんな考えが脳裡を過《よ》ぎる。だとすれば、着衣のまま裸の尻だけを剝き出しにしたこの恰好は、彼女の羞恥を煽るのに抜群の効果があるはずだ。そう考えて、さらに追い討ちをかける。

「こんな薄い下着だと、直接触られるのと変わらないでしょう。それなのにパンストじゃないって、課長はいったいなにを考えてるんでしょうかね」

「……………」

すべすべのヒップを撫でながら、黙り込む美樹の耳元に囁き続ける。

「もしかして、痴漢に直に触られたいから、わざわざこんなストッキングを穿いてるんじゃないですか」

「そんなわけ……ないでしょ……」

かすれ気味に震える声は、図星だと白状しているようなものだ。表情を見ることができればよりはっきりするが、美樹は顔を背けてしまった。

「どうですかね。この恰好で痴漢に抵抗しなければ、むしろ誘っていると言った方が正しいような気がしますけどね」

尻肉を存分に撫で回してから再び淫裂に侵入すると、そこは夥しい蜜液が溢れ、丈博の指をいとも簡単に奥まで呑み込まれた。

「あううっ……!」

美樹は身を仰《の》け反らせて大きく喘いだ。尻肉がきゅっと締まり、彼の手を挟みつける。果肉を搾ったように、指の付け根までぐしょ濡れになってしまった。

「大きな声を出さないでって言ったのに、困った課長ですね。誰か人が来たら、大変なことになっちゃいますよ」

丈博は言いながら、いきなり速いピストンで肉壺を攻め立てた。美樹は喘ぎ声が洩れるのを慌てて押し殺し、くちびるをきつく嚙みしめる。ぎゅっと握った拳とともに、額を壁に強く押しつけた。

——いまだ!

チャンス到来と見て、すかさずバストを背後から鷲摑んだ。ジャケットの生地の下にブラジャーの手触りがして、さらに柔媚な肉の感触も伝わった。美樹が咄嗟にその手を摑んできたが、引き離すほどの力はなく、彼はむしろ細くしなやかな手指に包まれる心地よさが味わえた。

豊かな膨らみを揉み回していくと、指の付け根が強い緊縮に見舞われた。だが、多量の潤滑液が動きをスムーズにしてくれている。丈博は外の様子に注意を払いながら、さらにバストを攻め、抽送を続けた。

「んっ……んっ……んむっ……」

美樹の口から押し殺した声が洩れ、狭い個室にリズミカルに響いた。これくらいなら、人がすぐ近くまで来ない限り気づかれることはないだろうが、美樹の羞恥をかき立てる材料としては充分だ。

「ほら、声を出さないでって言ったでしょ。ホントに困った人だなあ」

殊更低い囁き声で注意を促すと、美樹は頭《かぶり》を振って必死に声を殺す。丈博はいったんピストンを緩めてやり、彼女の喘ぎが治まるのを待ってから、再び激しく突き込んでいった。途端に喘ぎを洩らし、美樹が悩乱する。それをまた耳元で咎めるのだ。

「課長って、いつもこんなに声が出ちゃうんですか？　これじゃ、旦那さんは昂奮しまくりでしょうね。すました顔してるのに、指を入れただけでこんなに悶えちゃうってことは……」

意味深長に言葉を切って、耳元で含み笑いを洩らすと、美樹はなおも盛んに首を振った。

丈博は人妻の上司を相手に、自分がこの場を完全に支配していることを実感した。経験が豊富ではない彼がここまでできるのは、美樹の感度抜群の肉体と、その弱味を握っているという強い立場の賜物《たまもの》と言っていい。そしてもう一つ、美樹がこの恥辱的な情況を甘受しているのも確かだった。

丈博の胸に自信としたたかな気持ちが湧き上がり、今日この場で、彼女の恥ずかしい姿をとことん引き出しておこうと考えはじめた。それはつまり、決定的に弱味を握ってしまうということだ。ただこの場で欲望を遂げるだけではなく、美貌の上司を独占するという野望が芽生えたのだ。

「いや……」

美樹を揺らす官能の波はしだいに大きくなって、悩ましく身をくねらせるばかりか、びくんっと腰が震えたり、膝ががくがく揺らいだりもするようになった。丈博はさらに攻め続けるべく、指を引き抜いて彼女に前を向かせた。

壁を背にした美樹は顔を見られたくないようで、咄嗟に俯き、横に背けて髪で表情を隠した。だが、一瞬垣間見えた瞳は蕩けたように潤んでいて、昂ぶりは歴然としている。丈博は無遠慮にスカートをめくり上げた。

「だめよ、もうやめて……」

美樹はその手を押さえ、弱々しく言った。だが、丈博は易々と引き離してしまった。後ろ側と同じように裾をウェストに押し込み、下腹部を剝き出しにさせる。彼女はやめてと言った割にはそれ以上の抵抗を見せず、両手は所在なさげにジャケットの裾を握ったままになった。

——隠そうって気はないのか。やっぱりな。

美樹は露わになった秘丘の翳《かげ》りを手で隠そうともしない。すぐに丈博に引き剝がされるのは目に見えていても、本能的にそうするのが普通だろう。してみればやはり、美樹は自ら羞恥を煽る性癖があるとしか考えられなかった。これが社内でも評判のクールビューティー、山浦美樹の秘めた一面というわけだ。

丈博はにやりと笑みを洩らし、その場にしゃがみ込んだ。彼女を見上げると、垂れた髪の隙間から引き結んだくちびるが見える。じっと屈辱に耐えているようでもあり、丈博が次に何をするのか期待を込めて待っているようでもあった。

だが、丈博はしばらくは何もせず、美樹の恥ずかしい恰好をただ眺めているつもりだった。そうすることで美樹はさらに羞恥を募らせ、いたたまれないほど昂ぶるに違いない。

「あっ……はあっ……」

案の定、美樹の息遣いはしだいに荒くなり、ジャケットの胸が波を打つようになった。にもかかわらず、相変わらず剝き出しの秘部を隠すことなく、年若い部下の目に晒したままだ。

丈博は愉悦に浸りながら、秘めやかな丘を覗き込んだ。しかし、下半身のあたりはさらに薄暗く、じっと目を凝らさなければならなかった。黒い翳りに顔を近づけると、美樹の女が匂い立った。

丈博はわざと鼻音を立てて嗅いでみた。この位置では匂いそのものは弱いが、嗅いでいることを美樹に知らせるためだ。彼女は「あっ」と短く声を洩らし、腰を退いた。太腿をきつく閉じて、匂いを封じようとする。だが、やはり手で防ごうとはしないのだった。

丈博はそのまま顔を近づけ、とうとう鼻先を秘丘に埋めてしまった。ざらついた性毛の感触とともに、饐《す》えた匂いが濃くなった。深く息を吸い込むと、ペニスが淫臭に直撃されて、ぴくりと脈を打った。

谷の奥に舌を差し入れたい衝動に駆られるが、それを堪えて深い呼吸だけを繰り返した。もちろん、熱い息を吹き込んだのは言うまでもない。

美樹はしだいに下半身を震わせるようになり、彼の頭を両手で摑んできた。とはい

って も、押し退けようというのではなく、ただ置き所に困っただけなのだろう、大して力を込めてはいなかった。

丈博はそうやってかなり焦らしてから、ようやく舌を差し出した。内腿の合わせ目に侵入させ、秘毛もろとも谷間へ落ち込むあたりを舐め擦った。すぐに下半身の震えが止まったのは、その一点に美樹の意識が集中したためだろう。

丈博はゆっくり舌を蠢かせ、舐める範囲を拡げていった。閉じた脚を無理に広げようとはせず、美樹が自分から開くのを待つつもりで、じっくり舌を這わせていく。谷間の奥へ潜り込ませるより、むしろ太腿の方を舐めたり、秘丘に戻ったりといった調子で時間をかけたのだ。

いったん止まった美樹の下半身が、再び震えを見せるようになった。それとともに、ぴったり閉じていた脚が少しずつ隙間を空けていく。重い扉をゆっくり開くようなその動きは、逡巡する美樹が快楽の誘《いざな》いに根負けする様子をはっきり表していた。

——よしよし、いいぞ！　それでいいぞ！

思い通り美樹を焦らすことに成功した丈博は、胸の内で快哉を叫んだ。しかし、それでもまだ先を急ぐことはしなかった。淫裂がはっきり見えるくらい美樹が脚を開いたところで、いったん口を離してしまったのだ。

視線を上げて美樹の反応を窺うと、彼女は丈博が離れたのを不審に思ったのか、背けていた顔を彼の方に向けた。そこで二人の視線が、このトイレに入って初めてぴたりと合った。薄闇の中でも、彼女の目が濡れているのが判る。

丈博は口元を緩めると、チラリと淫裂に目をやってからまた美樹を見つめた。自分から脚を開きましたよね——と視線だけで念を押したのだ。美樹は羞じらいのあまり、泣きそうなほど表情を歪めて頭を振った。

丈博は勝ち誇る気分で秘裂に手を伸ばし、今度は正面から、指を二本にして挿入していった。

「ああっ……いっ……」

美樹が慌てたように呑み込んだのは、歓喜の声だったかもしれない。体の方は素直に悦びを表し、二本の指をきっちり締めつけてきた。ゆっくり抜き挿しを始めると、掻き出されるように淫蜜が指を滴り落ちてきた。二本にした分だけ入口はきつくなったが、中は軟らかな肉がぴったり纏いついて、どこまでも指の動きに追随してくるようだ。

溝から顔をのぞかせた肉びらが、濡れた指にねっとり纏いついて捩れている。もっとも、薄暗くてはっきり女の形状が見えるわけではなかった。淫靡な雰囲気は増しているが、細部の構造や色合いが判らないのは何とももどかしい。もっと明るい場所で見られたら良かったのに——そんなことを考えながら、丈博は抽送を続けた。

美樹は彼の指を受けとめ、待ち焦がれていたように再び腰をくねらせている。その動きはさきほどよりもさらに大きく、悩ましいもの変わっていた。あれだけ焦らされたせいで抑制が利かなくなったのか、時折びくんっと震える腰も、指が抜けそうなほど激しかった。

丈博は抜き挿しを続けながら、空いている手で敏感な肉の芽を剝き出した。莢《さや》をめくったまま手で押さえると、官能の突起に舌を伸ばし、舐め転がした。途端に美樹は声を上げ、激しく腰を躍らせた。

「あああっ、いやぁ……ああんっ……！」

そんな声を出したら、外の通りまで響いてしまう。慌てた丈博は、舌も指も動きを止めて、美樹を見上げた。

「だめですよ、そんな声を出したら」

「だって……」

美樹は息を喘がせながら、恨みがましい目で丈博を見た。大きな声が出るのは丈博のせいだとでも言いたげな風情で、強がりを言っていた彼女は、もうそこにはいなかった。

オフィスで見慣れている引き締まった表情が、いまは弱々しく歪み、まるで違う女のように映っていた。自身の淫らな肉体を羞じるかのように、瞳が落ち着きなく揺らいでいるのだ。

そんな表情を窺いながら、丈博は指の動きを再開した。ゆっくりした抽送から始めて、少しずつ速めていく。美樹は後ろの壁に両手を付いて、腰を前に突き出している。湧き起こる快感と向き合っているようだ。

スライドを速めるにつれて表情が歪み、緩めてやると落ち着きを取り戻すので、まるで肉壺に埋め込んだ指で彼女をコントロールしているような気分だ。

入口の近くに内壁の凹凸が粗くなった箇所があり、そこを掻き擦ると、美樹の反応が途端に大きくなった。腰をくいっと波打たせ、口元を手で押さえたのだ。女はここが感じやすいというのは知っていたが、あまりの即効ぶりに驚いた。美樹が特に敏感なのかもしれない。

丈博は重点的に攻めるつもりでそこに指先を当て、小刻みな振動を送り込んでいった。すると美樹は深く俯いてしまい、口元を押さえる手にぎゅっと力を込めた。それだけ大きな声が出そうなのか、腰のうねりもかなり激しくなった。

——これがそんなにいいのか……。

美樹が声を必死に押し殺しているので、丈博の攻め方もつい激しくなる。指先の振動を強めにすると、美樹は親指を口に当てて強く嚙んだ。それで声は殺せても、呻きが洩れるのを防ぐことはできなかった。

人が近づく気配さえ注意していれば、これくらいの呻きなら問題ないだろうと踏んで、丈博はさらに攻め続けた。もう一度、クリトリスをちろっと舐めてみたのだ。もちろん彼女の様子を窺いつつ、慎重を期して軽く舌先でなぞる程度にした。

その瞬間、美樹が下半身をグラインドさせ、丈博は反射的に身を退いた。激しい反応だったが、今度は美樹も心の準備ができていたのか、呻《うめ》くだけで大きな声にはならなかった。

舌使いをやや大きくしてみても大丈夫だった。むしろそうすることで、美樹が強く指を嚙んで堪える必死さに愉悦を感じてしまう。眉間に皺を刻んだ表情が、快楽の高まりを如実に表している。丈博はさらに大胆に嬲り、惑乱する美樹の様子を上目遣いで愉しんだ。

舌を指に替えても、美樹の悶えぶりは激しいままだった。溢れた蜜を掬《すく》ってクリトリスにまぶすと、ぬめりが鋭い快感を生むらしいのだ。円く転がす丈博の手つきに合わせるように、美樹の腰が左右に揺れる。

丈博は暴れる腰を追って、両の手指を食らいつかせた。肉壺の内部とクリトリスの二カ所を同時に攻め、美樹の官能を翻弄していく。すると不意に指の緊縮感が強まって、美樹の全身ががくっ、がくっと大きく二度揺れた。丈博は攻めるのをやめてその姿に見入った。体から力が抜けると、眉間の皺が見る間に消えて、虚ろなまなざしが宙を彷徨《さまよ》うばかりになった。

——イッたんだ……。指だけでイッちゃったんだ！

美樹はしばらく指を噛んだままでいたが、そのうちにだらりと腕を垂らし、立ったまま脱力していった。肉壺だけが別の生き物のように、締めつけを断続的に繰り返している。快楽の名残を惜しんでいるようでもあり、丈博はしばらくその感触を味わっていた。

やがて美樹は、気怠そうにその場にしゃがみ込んでしまった。肉壺から抜けた指は彼女の蜜にまみれ、手のひらや甲の方までべっとり濡れている。匂いを嗅いでみると、チーズのような独特の乳酪臭が鼻腔を刺激した。じわっと股間に響く匂いで、舐めると微かに舌を刺す味がした。

すっかり脱力しきっている美樹を前に、丈博は勃起したままのペニスを持て余していた。指と舌で彼女を翻弄し、アクメに到達させたことは満足できるものの、自分はまだ射精していない。電車の中でもここでも、勃起状態が長く続いたため、下腹部がもやもや燻っていて、すっきり吐き出してしまいたい気分なのだ。

もちろん、ここまでしておいて美樹とセックスしない手はない。だが、このトイレでするよりも、場所を変えた方がいいように思う。もっと明るい所で淫らな肉体を堪能したいし、いまの彼女の状態を見れば、もう一度移動することに異を唱えるとは思えないのだ。

――これはやっぱり、お持ち帰りかな。

乱れたスカートを直そうともしない美樹を眺め、丈博は嬉々として立ち上がった。ぐったりしている美樹の両脇に腕を差し入れ、抱え上げるように立たせた。心地よい重みを感じながら壁に寄りかからせると、美樹は蕩けるような目で丈博を見た。快楽の世界からまだ戻れずにいるらしい。

ここはさっさと移動するに限ると思い、放心状態の彼女に代わって勝手に身繕いをさせることにした。が、脚に絡まったままのパンティを引き上げようとして、ふと気が変わった。

――どうせまた脱ぐんだから、わざわざ穿かせることもないのか……。ノーパンで歩かせるってのも面白いな。

丈博の部屋までは十分足らずだが、下着を着けずに歩かせたらどうだろうと、新たな興味が湧き上がった。パンティを素早く足首まで引き下ろし、強引に足から抜いてしまう。美樹は彼が何をしているのか、その意図も理解できないようで、なすがままだった。抜き取ったセクシーな薄布をズボンのポケットにしまうと、何となく不思議そうな顔をした。

だが、めくり上げられたスカートの裾を元に戻し、上着共々きちんと整えてやると、自分のことを気遣ってくれていると勘違いしたのか、安堵したように身を任せていた。

「さあ、行きましょうか」

丈博が二人のバッグを手に持って言うと、そこでようやく我に返ってハッとした表情になった。

「行くって、どこへ？」

「ぼくの部屋ですよ。こんな所じゃ落ち着かないでしょ。それに課長、立ったままで疲れちゃったみたいだし」

外の気配を窺ってから扉を開け、ふらつく美樹を引き立てるようにさっさとトイレから連れ出した。

「ちょっと待って。どうして君の部屋に行くのよ、理由が判らないわ。それに……ショーツをどうするつもりなのよ、返してちょうだい。こんな恰好じゃ、恥ずかしいじゃない」

気を取り直していつもの調子に戻ってしまうかと思ったが、やはり快楽の余韻が影響しているらしく、部下に対する強さも迫力も足りなかった。彼は彼で、厳しい上司に対するいつもの気弱さはすでに消えている。

「どうしてって、課長の体がいちばんよく判ってるんじゃないですか」

いったん握ったペースは、このまま絶対渡さないと心に決めていた。言うなり美樹を抱きしめて、くちびるを重ねてしまった。いつも目にしている引き締まった凛々《りり》しいくちびるが、実はとても柔らかく、微かな甘みを持っていることを丈博は知った。

美樹は突然のことに驚いて、ただ身を強張らせるばかりだった。いや、もしかしたら彼女も、こんな年若い部下にくちびるを奪われたことに昂ぶってはいないか。あれだけ激しく身悶えしてアクメを迎えた後だけに、嫌悪より官能を刺激されているとも考えられる。

丈博は硬直する体をしっかり抱きしめながら、米国にいる夫が知ったらどうだろう、やはり激高するだろうかと思った。その場合、矛先は自分に向くのか、あるいは淫らな肉体を持った妻に向くのか——だが、この美貌の裏に潜む淫猥な本性を、その夫と共有したようにも思えてきて、見も知らぬ彼女の夫に妙な仲間意識を覚えたりもするのだった。

と、丈博は彼女のくちびるが強く閉じられていないことに気がついた。最初からそうだったのかはよく憶えていないが、あまり嫌がってはいないように思えた。

試しにくちびるの間に舌を差し入れてみると、すぐに前歯の壁に突き当たったが、舌先でちょっと擦っただけで、城門が開くように迎え入れられた。まるで門番が味方の合図を確認したかのように、スムーズに入れてもらえたのだ。

それどころか、美樹の舌を一舐めして来訪を告げると、おずおずとではあるが舐め返してきた。同時に彼女の熱い吐息が口の中に流れ込んで、仄かな甘みを感じさせた。

——こんな甘い口臭があるのか……。

丈博は舌を絡めながら、意外な思いで彼女の吐く息を吸い込んだ。脳にも股間にも響く匂いだった。強く抱きしめながら、バッグを持っている手でヒップを押さえ、ぐいっと引き寄せた。硬く膨張した肉竿が美樹の下腹部を圧迫すると、彼女は舌の動きを止めて息を喘がせた。くいっ、くいっと腰を突き出すと、美樹が息を荒らげて、自分からも腰を押しつけてくる。

その時、公園の前の道路から足音が聞こえ、丈博は反射的に腰を止めた。彼の背後をパンプスのヒールの音が、ややスピードを上げながら通り過ぎていく。丈博は呼吸を止めてやり過ごすが、美樹は喘ぎながら舌を絡ませ、なおも腰を押しつけてきた。誰かに見られたことで、あらためて羞恥を募らせたのだろう。

足音が去ってしまうと、丈博は股間でぐりぐり押し返した。露骨なくらい強く、まるで突きまくるセックスのように腰を使った。美樹もそれに応えて迫り出してくる。ノーパンの秘丘がペニスの根元に当たり、ずんっ、ずんっと心地よい痺れが拡がっていった。

美樹の昂ぶりは手に取るようだった。この場でスカートを捲り上げて、挿入しようと思えばその気にさせられそうだ。もちろん丈博も欲望をパンパンに膨らませているのだが、それをしたたかな気持ちが上回って、美樹に肩透かしを食らわすように、いきなり体を離してしまった。どうしたのかと問うように、彼女が潤んだ瞳を向けるが、丈博は黙って肩を抱いて歩きだした。

公園を出ると、駅とは逆方向に進んだ。美樹はもう、丈博の部屋に向かうことには何も言わなくなった。それよりも、下着を着けていないのが気になるようで、ややぎごちない歩き方になっている。

だが、丈博は特に急かしたりはしないで、彼女に合わせてゆっくり歩いた。できるだけ長い時間、ノーパンで歩かせてみたいと思ったからだ。

「どんな感じですか、ノーパンで歩くのは？　身軽になって、気分爽快でいいんじゃないですか」

「……いやよ、こんなの。早く返してちょうだい」

しばらくして揶揄《からか》うように言うと、美樹は恨みがましい目をした。だが、パンティを返してと言ったのは、丈博が水を向けたからであって、もし彼が黙っていれば、文句も言わずに歩き続けたに違いない。

つまり彼女は、下着を穿かずに歩かされることを、すでに受け容れているのではないか。実のところは、口で言うほど嫌ではないのかもしれないと丈博は思った。


「……こういう部屋に住んでたのね」

美樹は自分の落ち着かない気持ちを繕うように、意味のないことを口にした。部屋をぐるりと見回した割には、レイアウトそのものはろくに見ていないようだった。丈博はバッグを置くと、急いでスーツの上着を脱ぎ捨てた。

「そうですよ。あんな所より、こっちの方がいいでしょう、落ち着いてじっくりできますから」

「あっ……！」

丈博は言うなり、美樹をベッドに押し倒してしまった。意表を衝かれて慌てた美樹は、すぐに起き上がろうとするが、そうはさせまいと両脚を摑み、高く持ち上げてベッドに載せる。美樹は太腿や尻が剝き出しになるのを防ごうと、捲れるスカートを押さえることに気を取られた。

「待ってよ、上着がシワになっちゃうじゃないの……困るわ、クリーニングしたばかりなんだから、ちょっと待って……」

何とか彼の気を逸らそうと懸命になるが、丈博は少しも動じなかった。ベッドに美樹を仰臥させ、両脚を摑んで大きく広げてしまった。

「いやああっ！」

美樹はすかさず両手で秘部を覆った。それでもスカートが腿の付け根まで捲れているから、白い内腿がすっかり露わだ。丈博は両脚を摑んだまま、その狭間に悠然と腰を据えた。

「やめて。いくらなんでも、こんなの……せめて、明かりを消して……」

「明かりを消しちゃったら、部屋まで来た意味がないですよ、課長。さっきは薄暗くてよく見えなかったんで、わざわざ部屋まで来てもらったんですから」

「そんな、バカなこと……ああ、ダメよ……」

丈博は広げた脚を両腕に抱えながら、秘部を覆った彼女の手をどうにか摑むことができた。体勢は楽ではないが、力なら負けるはずがない。彼女もそれが判っているから必死だ。秘部を隠すだけでなく、身を捩って何とか体勢を変えようとする。

だが、それより先に、丈博が彼女の手を引き剝がしてしまった。明るい蛍光灯の下に晒された秘部は、ぐっしょり蜜にまみれ、花びらはもちろん、内腿からアヌスまでぬめ光っていた。

「いやぁ……だめよ……」

恥ずかしげに顔を背け、美樹は力のない声を洩らした。丈博は引き剝がした手をずっと摑んでいるが、その手から少しずつ力が抜けていった。秘部を隠そうという気がしだいに失われていくようだ。それに合わせて彼も力を緩め、ついには手を離してしまった。

両足首を摑んで思いきり広げると、美樹は両手で顔面を覆っていやいやをした。あまりの羞恥に身も世もないといった風情だが、それでいて両膝を立てた大股開きのポーズのまま、隠すこともせず、ただ羞恥に喘ぐばかりになった。

こうして見ると、上着も脱がせずに押し倒したのは、結果的に大正解だったと丈博は思った。彼女はオフィスで見る恰好と何ら変わらず、ただ下着を着けない秘部が剝き出しになっているのが異様に刺激的なのだ。

丈博はぱっくり開いた秘裂に嬉々として見入った。楕円を描く花びらは、外側が淡い褐色で、内に向かって濃いピンクに変わっている。三十七歳の人妻にしてはずいぶん色が薄いような気がするが、使い込めば誰でも濃くなるとは限らないのかもしれない。

——まさか、旦那さんとあまりやってないとか……。

ふとそんなことが頭に過ぎったが、いまは別に生活しているにしても、それまでは相応の夫婦生活だったろうし、子供がいないということは、気兼ねなくいつでもできたはずだ。それに何より、こんな美人なのに感度が良くて淫らなのだから、夫が放っておくなんて考えられない。

だとすれば、やはり経験の量と色は必ずしも関係ないのかもしれないと丈博は思う。美樹は肌が白いから、体質的に沈着しにくいということも考えられるだろう。

それにしても色白の肌というのは、秘裂の猥褻感をいっそう強調するものだ。蜜にまみれた粘膜が妖しい光を放っているが、太腿の白さがそれを毒々しいほど淫靡な印象に仕立てているのだ。

さらに漆黒の性毛も、卑猥なコントラストに一役買っている。花びらの両脇は無毛で、秘丘を覆うように繁っているだけだが、銀杏の葉のように上端が割れて左右に広く密生しているのだ。下着を脱がせてから時間が経っているせいか、毛足の長い翳りはこんもり盛り上がり、まさに黒い丘のようだ。

その麓《ふもと》のぷっくり膨らんだ莢からは、肉の芽が顔をのぞかせている。見えている部分は少しだけでも、ずいぶん大きそうだと想像がつく。花びらが割と小ぶりなので、よけいにそう感じるのかもしれない。

もっとも、その花びらも生き物が呼吸するように、ひくっ、ひくっといやらしく蠢いている。見ているだけで肌がぞくぞく粟立つようだ。しかもその蠢動はしだいに大きくなっている。明るい場所で見られているせいで、美樹はよけいに感じやすくなっているに違いない。

——あんな薄暗いトイレの中でも、見られて感じちゃうんだから、こんな明るい部屋じゃ大変だろうな。見られているだけでイッちゃうんじゃないか。

本当は触りたいのだが、このまま視姦を続けるのも面白そうだった。

「なんだかヒクヒク動いてますけど、自分で動かしてるんですか？　いやらしくて、見てるだけで昂奮しちゃいますよ」

　手で顔を覆っていても視線は充分感じているはずだが、もっと辱めてやりたくて、丈博はとぼけた調子で言う。さらには屈み込んで、股間にぐっと顔を近づけた。

「ほら、また動いた。不思議だなあ……ずっと見ていても飽きないですね、これは」

　触れそうな至近距離で熱い息をかけてみる。すると、美樹の下腹が波を打ち、花びらがきゅうっと縮こまった。本当に別の生き物がそこにいるように思えてくる。いったん収縮した肉びらが元のように開くと、ぽつんと空いた秘孔から、透明な蜜がとろり溢れ出た。蛍光灯の光を鈍く反射して、見るからにぬめりを感じさせる。

　多量の花蜜は淫裂の堰《せき》をあっさり突破して、後ろのすぼまりへと滴り落ちた。おそらく布団にまで染み込むだろう。この部屋に山浦課長を連れ込んだ事実が、そんなふうに痕跡として残るのは愉しいことだ。できれば腐臭のように濃くなった独特の乳酪臭まで、しっかりこびり付いてくれたらいいのにと思う。

　美樹は股間に彼の体温を感じているに違いない。内腿の柔らかな肉がわなわなと震えはじめた。淫裂だけでなく、太腿やアヌスにも熱い吐息を吹きかけていくと、震えはいっそう大きくなり、立てた両膝が右に左にせつなそうに揺れた。しかし、それでも脚は大きく開いたままだった。

「ああ……いやよ、もう……あああんっ……もう……」

彼女の身悶えはますます激しくなり、これが本当にあの山浦課長なのかと思うほど、鼻にかかった甘ったるい声を洩らした。声が意外にはっきり聞こえたので顔を上げて見ると、両手で顔を覆っていたはずの美樹が、頭を起こしてこちらを見ていた。虚ろに濡れたまなざしが、昂ぶりをなまなましく伝えている。が、視線が合った途端、大きく仰け反って表情を隠してしまった。

「もう、なんですって？」

視姦に堪えきれなくなったらしい彼女をさらに追い詰めるが、丈博自身、煽情的な秘肉の佇まいと鼻腔を刺激する牝臭とで、しだいに我慢ができなくなってきた。

「いやよ、そんな……ああ、もう……お願い、そんなに焦らさないで触って……舐めて……あああーっ！」

美樹がとうとう熟れた牝の本性を露わにした。全身の血が脳に集まって、沸騰しそうなほどに昂奮させられた。丈博は上目遣いに彼女を窺いながら、思いきり舌を伸ばして舐め上げた。

「ああんっ！……はああっ」

舌先が膨らむ肉莢を擦った瞬間、美樹がびくんと腰を躍らせた。のぞき見えている敏感な部分に直接触れたのだろう。腰の跳ね上がりは一度きりだったが、下腹はなお小刻みに波を打ち続けている。丈博は肉莢の外側を周回しながら、中心に迫っていった。

包皮を舌先でめくるようにすると、美樹の腰がぶるぶると戦慄《おのの》いた。さっきのように腰が跳ね上がると舌が離れてしまうので、両腿をしっかり押さえていなければならなかった。

「ああん、いやっ……あっ、あっ、ああんっ……いやぁっ……」

言葉とは裏腹に、美樹の声にはやっと舐めてもらえた安堵感のようなものが感じられた。ぱっくり割れた淫花にも舌を這わせていくと、夥しい蜜がねっとり絡まってきた。饐えた牝臭とともに、鋭い酸味が舌を刺す。トイレで指に付着したのを舐めた時とは大違いで、匂いも味も熟女ならではと思わせる濃さだった。

肉びらを指で広げ、尖らせた舌で蜜壺を突っついてみた。にゅっと沈み込む感じはするものの、舌ではあまり奥へは入れられない。それでも入口の収縮感は充分伝わってきた。

秘孔や花びらの内側に舌を這わせながら、丈博は敏感な肉芽を指で転がした。たっぷり蜜をまぶして円を描くと、美樹は彼の頭を腿で挟みつけてきた。そのまま腰をくねらせるから、太腿で頭部を揉まれてしまう。口元が秘部に密着したままになり、息苦しささえ覚えるが、それがかえって陶酔感を誘った。牝の芳香と淫靡な粘膜を味わいながら失神する図を想像すると、本当に眩暈がしそうになった。

彼女の淫裂が泥濘《ぬかる》んでいるのと同じように、怒張を続ける丈博のペニスも、とろとろと粘液を洩らし続けていた。すでにトランクスの内側がべっとり濡れて、亀頭が気持ちいいぬめりに包まれている。

——とりあえず、一回やっちゃおうか……。

さんざん焦らし続けてきた丈博だが、それは自身を焦らすことでもあり、そろそろ限界が近づいていた。とりあえず挿入を果たしておいて、二発目以降、さらにじっくり攻めればいいだろうという気になってきたのだ。

——明日は休みだし、課長もいまは独身生活だから、夜通しやっても平気なんじゃないか。

彼女の乱れようを見れば、そんなことも可能に思える。こんな美貌の人妻上司とセックスできるのだから、何度でも発射できるだろう。

美樹の秘部に口を押しつけたまま、丈博はズボンのベルトを外してジッパーを下ろした。そして、トランクスもろとも脱ぎ捨てていく。屈んで舌を使いながらだし、気も急いているのでスムーズにはいかないが、そのもどかしさがかえって昂ぶりを助長する。

何とか脱ぎ終わると、解放された怒張が逞しく天を衝いた。ワイシャツにネクタイをしたまま、裸の下半身に靴下だけ穿いた姿というのも、我ながら間が抜けていると思う。だが、オフィスと同じスタイルで秘部だけ剝き出した美樹を見れば、まるで会社内でしているような雰囲気が色濃く漂うのだった。

丈博が膝立ちになってペニスにしごきをくれると、蕩けた美樹の瞳がにわかに輝きを見せた。そのまま前にのめって片手で体を支え、淫裂に狙いを定めて先端をあてがった。美樹は両脚を大きく広げて挿入を待っている。

膨らんだ亀頭で肉壺をさぐり、ぬめった軟らかな肉溝を縦に擦った。わずかな窪みに亀頭が落ち着くと、慎重に腰を突き出してみる。気は急いてしまうが、何しろ久しぶりのセックスだから焦りは禁物だ。

――手間取ったりしたら、カッコ悪いからな。ここはとにかく一回でバッチリ決めちゃわないと……。

年上の熟女を相手に、ここまで焦らして昂奮を煽ってきたというのに、肝腎のインサートをすんなり決められないと、一気に面目を失いそうな強迫感があった。

ところが、そんな心配も一瞬のうちに消え去った。腰を突き出した途端に突き当たった肉の窪みが広がって、すんなりペニスを迎え入れてくれたのだ。入口の肉は硬いながらもぬめりが強く、心地よい痺れとともに肉竿を締めつけた。

「おおっ……」

歓喜の呻きとともに、奥までしっかりと埋め込んでいく。指を挿入した時と同じように、入口と奥の方とがそれぞれ微妙に蠢いているが、締めつけられる快感は、指ではもちろん味わえないものだ。

ようやく結合を果たすと、丈博の胸に大きな感動の波が押し寄せてきた。それは電車内で美樹のヒップに初めて触れた時や、パンティの中に指を入れて秘肉を直接いじった時とも違い、彼女と心まで一体となったような充足感を伴うものだった。

会社での二人の関係が変化していく予感はすでにあったが、肉で繋がったことでそれが決定的になったと丈博は思った。来週からは他の社員に気づかれないよう、いろいろと策を弄することになるのだろうか、といったことまで考えてしまう。

くすぐったいような心地よさを感じながら、丈博はゆっくりと抜き挿しを始めた。微妙な蠢動がしだいにはっきりしたものになり、ペニスを奥へ引っ張り込むような動きになった。ともすれば激しく抽送したくなるのだが、丈博はそれを我慢して、肉壺の妖しい緊縮感をたっぷりと味わった。

美樹はうねるように何度も腰を迫り上げ、摩擦感を自ら増幅させている。といっても意図的なものではなく、体が本能的に動いてしまうようだった。

「ああん、いいわ……こんなに硬いのね……ああ、気持ちいい……」

譫言《うわごと》みたいに繰り返しながら、躊躇いも羞じらいも置き去りにした腰使いを見せる。これが山浦課長の真の姿なのだと思うと、肉壺の蠢きがいっそう淫靡なものに感じられてならない。腰つきも中の動きも、淫らな牝そのものだ。

丈博はむしろ抜き挿しを控えめにしてちょうどいいくらいだった。そうしないと、彼もしだいに本能が勝って激しく突き込んでしまいそうになるのだ。抽送の摩擦感を高めるのもいいが、いまはそれより肉壺の卑猥な蠢きを愉しみたかった。

「奥の方もヒクヒク動いてますね。ほら、中へ引っ張り込むみたいだ。ずいぶんいやらしい動きをしてますけど、自分でわかります？　一度咥え込んだら、絶対に放さないって感じですよ」

美樹は髪を振り乱して身悶えた。丈博の言葉を否定しているようにも見えるが、あるいは自覚していて羞じらったのだろうか。

丈博は肉壺の蠢きを彼女に確認させようと、いったん奥まで突き入れてから、思いきりゆっくりとペニスを退いてみた。すると、半ばまで後退したあたりで強い緊縮に見舞われた。秘孔がぎゅっと締まると同時に、内部もひくひく痙攣したみたいに強い締めつけを見せたのだ。丈博は思わず腰を止めて、美樹に呼びかけた。

「ほらほら、これですよ、これ。すごい力で締めてる。わかりますよね？」

「いやぁ……、ああっ！」

美樹は再び両手で顔を覆うが、その寸前にさらに強力な収縮が起きていた。逃げようとするペニスに、絶対放すものかと摑みかかるようだった。もう一度ゆっくり退きはじめると、ぴったり吸着した媚肉が極上の摩擦感をもたらし、丈博も思わず呻き声を洩らしてしまった。

美樹は仰け反って喘ぎながらも、両手を彼の尻に伸ばし、下から抱え込むように押さえ込んできた。ペニスが抜けそうになるのを防ごうと、自然にそういう動きになったようだ。丈博がぎりぎりまで後退すると、密着を求めるように腰を迫り上げるので、ベッドから尻が浮いてしまうほどだった。

抜け落ちるぎりぎりまで後退してから、また根元まで埋め込んでいく。そうやってスローペースで抽送を続けているうちに、入口も奥もしだいに強い締めつけが持続するようになった。

何度かそんなことを繰り返していたところ、彼女の動きとのタイミングがずれて、本当にペニスが抜けてしまった。

「はあっ……ああん……」

甘えるような声が鼻にかかり、美樹は抜け出たペニスに熱い視線を注いだ。そして、体を捻って手を伸ばし、自身の淫液にまみれた肉竿を握ってきた。細い指をしっとり絡みつけて、硬さや大きさを確かめている。

その手は幹の部分から先端へと移動して、亀頭をすっぽり握り込んだ。軽く握ったまま手首を利かせてぐりぐり揉み回され、柔らかな指と付着した淫蜜のぬめりが、新たな快感を生んだ。オナニーで竿の部分をしごくのとはまったく違う感覚で、指の関節の凹凸がやけに新鮮に感じられた。

「……ああ、どうしてこんなに硬いのかしら。すごいわ、本当に立派なのね。島崎君たら、いやだわ……」

仕事に厳しい山浦課長とは別の女が、妖艶な笑みを向けてきた。それが亀頭を揉まれる快美感をさらに増幅させるようで、心地よい痺れが背筋をぞくぞくっと駆け上がっていった。

「課長だって、こんなにいやらしいですよ、ほら……」

美樹の手にペニスを委ねたまま、お返しとばかりに淫裂をこね回した。白濁しはじめた蜜液を全体に塗りつけて、充血した肉びらを捩ると、揉み回す彼女の手に力が籠もった。

「だめなのよ、わたし……コレに弱いの……こんなに逞しいなんて、ダメよ……ああ、いやだわ……」

呟くように言いながら、美樹は結合を求めてペニスを引き寄せた。彼女に任せてただ腰を押し出すと、先端が秘孔にあてがわれ、そのままあっさり咥え込まれてしまった。

「うっ……」

入口の肉の輪を潜り抜けると、最初の時以上の心地よさが先端から下腹へと拡がった。すぐに律動を始めたが、もうゆっくりやっている余裕はない。美樹の手でいじられたせいか、性感は思いのほか高まっていたのだ。浅い位置で素早く抽送を続けてから、奥までぐいっと埋め込んで、そのまま恥骨同士をぶつけ合うようなストロークに移っていった。

「そうよ、いいわ……ああん、それ……ああ、いいわっ！」

美樹の口から悩ましい声が上がり、また両手で尻を抱え込まれる。勢いづいた丈博は、とりあえず一度射精してしまおうと考え、さらに激しく突き込んでいった。

「いいわ、ちょうだい……中にちょうだい。今日は大丈夫だから、中でいいわ。たっぷりちょうだい」

「ホントですか！　いいんですね、このまま出しちゃって」

「いいわよ。いっぱい出してちょうだい」

丈博は幸運に感謝して、激しい抽送を続けた。全身にみるみる汗が浮いて、シャツに染み込んでいく。秘奥を突くように律動していたのを、長いストロークに変えてみたが、もちろんスピードは落とさない。美樹の手は振りきられるように尻から離れてしまった。

ペニスは肉壺の強烈な緊縮に見舞われ、ぬめぬめした摩擦感がさらに高まった。強張った亀頭で粘膜を抉っているようにも感じられ、全身が沸き立つような昂奮に包まれた。

やがて急激な上昇感を覚えると、肛門がきゅっと引き締まった。美樹の中で亀頭がさらに膨らむように感じた途端、甘美な衝撃に貫かれた。

「ううっ、イク……」

丈博は呻きながら、ずんっ、ずんっ、ずんっと強烈に突き込んだ。下腹の奥から熱い塊《かたまり》が立て続けに弾け飛んだ。

「ああーっ、いい……いいわ……ああんっ！」

追いかけるように美樹の秘孔がぎゅっと締まる。一滴残らず搾り取ろうとしているようだ。丈博は牡の精を吐き尽くして動きを止めたが、美樹の熟れた媚肉は、快楽の名残を留めるように小刻みな震えを続けていた。

丈博はじっくりとそれを味わってから、結合を解いた。心地よさがいつまでも残り、ペニスはまだじーんと痺れたようになっている。しばらくはその余韻に浸っていようと思い、彼女の傍らに横たわった。

ところが、不意に美樹が体を起こしたかと思うと、ベッド横にあるティッシュを何枚か抜き取って秘部にあてがった。丈博は白濁液にまみれたペニスを眺めながら、気を使ってティッシュを取ってやるべきだったか、などと考えていたが、彼女は素早く後始末をすませると、乱れたスカートを直して立ち上がった。

「シャワーを借りるわよ」

「あっ、はい……ええと、使い方は……」

てきぱきした彼女の動作は、あれほど乱れたのが嘘のようで、丈博はすっかり慌ててしまった。起き上がってバスルームに案内しようとしたが、それもあっさりと彼女に制された。

「いいわよ、そんなの見ればわかるから。それよりタオルを出して」

美樹はいつもの課長に戻ったように言い、丈博が急いでクロゼットの収納ボックスからタオルを出すと、さっと受け取って一人でバスルームに向かう。彼が置いたバッグも忘れずに手に取り、バスルームのドアを開けた。もう何度もこの部屋に来ているかのように自然な身のこなし方だった。

だがそれは、もう丈博など相手にしていないようでもあり、彼は急に不安になった。シャワーで体を綺麗に洗ってから二回戦、という雰囲気でもないのだ。

不安に思ったからなのか、丈博はふと尿意を感じはじめた。トイレはバスと一緒なので、美樹がシャワーを浴びている間は使えないのだが、そのせいでますます尿意が高まってしまう。しだいに美樹の様子よりそっちの方が気になってきた。

——ゆっくりシャワーを浴びるつもりかな……。いや、いくらなんでも、それはないだろう。なるべく早く出てほしいな。

丈博がそわそわ待っていると、美樹は十分ほどでバスルームから出てきた。さきほどよりもさらにきちんと身繕いができていて、まるで帰り支度をすませたかのようだ。だが、それを気にするよりトイレの方が先だった。丈博は彼女の横をすり抜け、急いで中に入った。

狭い空間には、湿ったぬくもりと美樹の甘やかな香りが籠もっていた。毎日使っているバストイレが、まったく異なるものに変わったみたいだった。

丈博は急いで便器に向かい、排尿を始めた。ジョボジョボと大きな音が響いて慌てたが、勢いは止まらない。放尿の爽快感も手伝って、そのまたっぷり出し尽くしていった。

ところが、すっきりさせてトイレから出た丈博は、茫然と立ち尽くしてしまった。美樹の姿が消えていたのだ。

玄関を見るとパンプスもなくなっている。玄関のドアの音はしなかったように思うが、音を立てないように注意して出たのかもしれない。

急いで窓に駆け寄って前の道路を見下ろすと、ちょうど美樹がマンションから出ていくのが見えた。一度も振り返ることなく、背筋を伸ばして歩く姿は、いつも会社で目にしている山浦課長そのものだった。あれだけ乱れ、悶えまくった女と同一人物とは、とても思えない。

丈博は狐につままれた気分で、その後ろ姿を見送った。彼女が見えなくなってもしばらくは、ペニスを晒したまま窓辺に立っていた。が、ふと思い立つと、脱ぎ捨ててあったズボンを拾い上げた。ポケットをさぐってみたが、美樹のパンティはなくなっていた。体から一気に力を抜けていくようだった。

第四章　派遣社員の誘惑

四月に入ると、新しい年度ということで社内の雰囲気も改まった。しかし、新入社員が配属されるのはまだ半年も先のことなので、課内における丈博の立場は相変わらずのものだった。課長の山浦美樹との関係も、痴漢行為からセックスに到ったことで大きく変化すると思われたが、意外なことに少しも変わっていなかった。

先週のあの夜、トイレに入っている間に彼女が帰ってしまい、丈博は土日の休みを落ち着かない気分で過ごすことになった。そして、週が明けて出社してみると、彼に対する美樹の態度に変化はなく、表情も言葉遣いもまったく元のままだったのだ。

丈博は残念に思うどころか、かえって気後れしてしまい、彼女の前に立つと以前より気持ちが萎縮しているように感じることさえあった。

「島崎君、ちょっといいかしら」

美樹に呼ばれて急いで課長席に行くと、今週から臨時に派遣社員を増員して行っている、アンケート集計の進捗について尋ねられた。新発売したスポーツ飲料のキャンペーンに伴って収集しているものだ。

「一応、いまのところ順調に進んでいるみたいです」

「みたいっていうのは、どういうこと？　もっと具体的に説明してくれないかしら」

「あっ、はい。それは、つまりですね……」

丈博は情況を詳しく説明しようとするが、話しているうちにしどろもどろになってしまった。美樹に厳しい目を向けられたからというより、集計作業をきちんと把握できていないからだった。命じられた時はしっかりやらねばと思ったが、今週、実際に始まってみるとそれほど身が入らないのだ。原因は美樹とのことが頭の中で燻っているからで、アンケートの件だけでなく、仕事全般が疎《おろそ》かになっているのだった。

「わかったわ。要するに、情況をきちんと把握できていないってことね。どういうつもりかわからないけど、少なくとも、それでいいとは思ってないわよね」

「はい。すみません……」

「じゃあ、これ以上は言わないから、やるべきことをきちんとやって報告しなさい」

美樹の低く抑えた声は、威圧感たっぷりに響いた。丈博はひたすら恐縮の体《てい》で頭を下げると、その場を離れ、すぐに集計作業を行っている別室に向かった。

課長の態度がいつになく厳しいのは、もちろん丈博の失態によるのだが、あの夜のことが影響しているのは間違いなさそうだ。淫らな本性を暴いてしまった彼を恨みに思っていて、羞恥よりもそちらの気持ちが強いのではないか——。

そんなことを考えながら、丈博は集計作業用に割り当てた部屋にやって来た。臨時に増員した派遣社員は六名。二十代と三十代の女性たちで、スチール製の長テーブルにノートパソコンを並べて作業をしている。丈博が部屋に入ると、皆がチラリと目を上げたが、仕事の手は止めなかった。

「すみません。作業の進み具合をチェックしておきたいんで、ちょっと中断してもらえますか」

丈博の言葉で皆が一斉に、ふうっと肩の力を抜いた。こうした短期の仕事で派遣される人たちは、作業が遅かったりミスが多いと、次の仕事が来るかどうかに影響するので少しも気が抜けないのだ。

丈博はとりあえず、昨日までに入力を終えた分と今日これまでの分を、六名それぞれについてチェックしていった。全員の合計は毎日記録していたが、それでは大雑把すぎて話にならないというわけだ。

初日から順に数字をメモしていって、それが終わると、集計に関することで彼女たちに感想を求めた。

「チェック項目の入力については、問題なくスムーズに行くんですけど、やっぱり感想や意見の手書き部分の入力が……」

「字が汚かったりクセがあったりで、読みにくいのがけっこうあるんですよね」

「あと、字が間違ってて、意味がよくわかんないとか……。すぐに思い当たる誤字ばかりじゃないんで」

「そうそう。字を間違えて覚えてるんじゃなくて、言葉そのものを勘違いしてたりってのもあるよね」

話を聞くといろいろと大変そうで、単純作業というわけでもないようだ。かといって、丈博に何か良いアドバイスができるかというと、それは難しい。とりあえず彼女たちの話を聞くだけ聞いて、引き続き頑張るように言うしかなかった。

——進捗の管理っていってもなあ……。

丈博は何となく自分の能力不足のように思えてきて、浮かない気分で部屋を出た。

すると、一人の派遣社員が追ってきて呼び止めた。

「すみません、島崎さん。ちょっと、いいですか」

丈博が立ち止まると、すぐ近くに寄ってきて声を潜めた。集計のことで何か質問か相談だろうと思ったら、そうではなかった。

「明日なんですけど、派遣のみんなで飲み会やるんですけど、島崎さんも一緒にどうですか。神崎《かんざき》さんたちも来るんですけど」

彼女は六名の中では最も活発そうな子で、胸のネームプレートに、細いボールペンで〝元村沙絵《もとむらさえ》〟とある。丈博より一つ年上だったと記憶しているが、アイドルっぽいキュートな顔立ちで、見た目は間違いなく彼より年下で通るはずだ。

月曜日に初めて顔合わせをした時、くりっとした目で見つめられたのが印象に残っていて、黒い艶のあるショートカットがよく似合っていると思った。それと頭から抜けるような可愛らしい声は、アニメのキャラクターを思わせるもので、それも特徴的だった。

沙絵が言った〝神崎さんたち〟というのは、前から三課で事務の仕事をしてもらっている派遣社員の女性三名のことで、彼女たちも今回の増員で来てもらっている沙絵たちと同じ会社の所属だ。丈博は去年、神崎たち派遣社員と一緒に飲んだことがあり、沙絵はその話を神崎から聞いていて、彼に声をかけたようだった。

しかし、派遣の女性たちの飲み会と聞くと、本心では行きたくても、躊躇う気持ちが働いてしまう。正社員は派遣社員と飲みに行ったり食事をすることは極力避けるという、暗黙の了解が社内にあるからだ。

そんなことが正式に禁止されているわけではないが、忘年会や暑気払いなど、部署でやる数少ない〝公式行事〟以外、そういう場にはなるべく同席しないという共通認識が社員にはある。

彼が神崎たちと飲んだのは二回だけで、そういう事情を知らない時のことだ。もちろん、それで上から咎められたりはしなかったが、社内全体がそういう空気だと知ったいまでは、やはり躊躇してしまうのだ。

「ぼくの他に、誰かに声をかけた？」

「いいえ。島崎さん以外は、社員の人を誘っても無駄だって言われましたから。他の人を誘っても、まず相手にされないからって」

「ああ、そうだろうね」

神崎が事情を知らないのか、それとも知っていて丈博を誘ったのかは判らない。いずれにしても丈博が派遣社員たちと飲んだのは事実で、そのことで彼女たちが丈博を好意的に思っている可能性はあった。

「金曜だから予定が入ってたらしょうがないですけど、もしよかったら……」

沙絵が彼の背後を気にして、途中で口を噤《つぐ》んだ。振り返ると美樹がこちらに歩いてくる。二人の横を通り過ぎる時、丈博はカムフラージュして沙絵に言った。

「わかりました。その問題は、検討してなるべく早めに回答するから、とりあえず作業を進めてください」

美樹に聞こえるように言うと、彼女はチラッと丈博の方を見ただけでそのまま通り過ぎていった。安堵した丈博は、沙絵に小声で「明日まで待って」と言った。沙絵はうれしそうに頷き、それから美樹の後ろ姿を目で追った。

「いまの人、課長さんですよね。カッコいいなあ、女で課長なんて。それにキレイだし、スタイル抜群だし……ちょっと憧れちゃいますね」

沙絵がうっとりした声で言うのを見て、あの夜の美樹の恥態が脳裡に甦った。実際はとってもいやらしくてスケベな女だよ、などと言っても沙絵は信じないだろう。ましてや丈博がたっぷり精液を注ぎ込んだことなど、想像の域を遥かに超えているに違いない。

丈博は美樹との関係が何も変わっていない現実をあらためて思った。すると沙絵たちと飲みに行きたい気持ちがにわかに強まるのだった。

「そうだ。明日はたぶん大丈夫だな。いいよ、ぼくも行くよ」

弾みでそんなふうに応えてしまうと、どうして正社員と派遣社員を切り離そうという空気が強いのか、あらためて疑問に思うのだった。

「ホントですか。じゃあ、あとでお店をメモしておきますから」

沙絵は目を輝かせて言うと、弾むように部屋に戻っていった。丈博はその様子を見て、これで仕事が捗《はかど》るなら結構なことじゃないか、と思ったりもした。

その一方で、飲みに行ってもし美樹にバレたらどうなるか、という危惧も残った。しっかり仕事をするよう厳しく言われたばかりなので、開き直るのも簡単そうには思えなかった。


「沙絵ちゃん、島崎さんと同じ方角なんだから送ってもらえばいいのに」

「そうよ、そうしたら？　ねえ、島崎さん、いいでしょ？」

「ええ、いいですよ」

「わあ、よかったね、沙絵ちゃん。でも、送ってもらえるってわかってたら、もっと飲んじゃえばよかったのにね」

「もう、ずいぶん飲んだよ。なんか、ふわふわしてるもの……」

二次会のショットバーもそろそろお開きかという頃、一人が急に言いだしたことで、またも場が盛り上がった。最初の店で、丈博と沙絵の住まいが同じ路線だと判った時にも、皆が囃《はや》し立てるような盛り上がりを見せた。

その時、丈博はどうやら自分が沙絵のタイプであり、昼休みにそんな話題が出ているらしいと感じたのだが、その後の話の中でいっそう明確になった。沙絵が彼に誘いの声をかけたのも、他の五人にそうするように言われたからで、要は沙絵が彼と飲む機会を作れたらいいと皆が思っていたようだ。

彼女たちは短期の派遣業務で互いに何度か顔を合わせていて、休憩時間中はかなり賑やかにしているのだという。真面目でいつも静かな仕事ぶりからすると意外だったが、そんな一面を知ったこともあって、丈博はかなり打ち解けた気分になれた。

やっぱり飲みに来てよかったと思ったのは、それで仕事上のやりとりがスムーズになるという確信を得たからだ。とりわけ、神崎をはじめ派遣期間の長い人たちとは、前に飲んだ時以上に親しくなれたので、お互いの今後にとって有意義な会だったと言える。

そして、もう一つ、沙絵のことも彼にはもちろんうれしい話だった。たとえ短期間の仕事上の付き合いでも、自分に好意を持ってくれていると知って悪い気はしない。しかも、年上なのに可愛らしいのはルックスだけでなく、性格についても言えることだった。

沙絵は短大を出て就職した会社が倒産してしまい、なかなか再就職できないので、やむをえず派遣会社に登録したのだという。いまのところは短期の仕事ばかりで収入が厳しく、早いところ長期の派遣先が見つかるとうれしいと言っていた。

もし美樹とのことがなかったら、派遣が終了してからもプライベートで付き合いたいと思ったのではないか。そんな気になるのは、もちろん沙絵の気持ちを知ったからに違いないが、仮にそれがなかったとしても、彼女がどういう女性かを知れば、丈博の方から好きになっていたかもしれない。

結局、二次会がお開きになって店を出ると、最後の盛り上がりをそのままに、丈博と沙絵を残して皆、思い思いの方向に散ってしまった。丈博はふらつく沙絵を気遣いながら、ゆっくりと駅に向かって歩きはじめた。

駅に着くとホームは花見帰りの酔客が多く、思いのほか混んでいた。丈博は酔った沙絵を座らせるために、一本やり過ごしてから各駅停車に乗ることにした。彼女は丈博より少し先の急行が止まらない駅まで行くのだが、のんびり各駅で行けば、丈博が降りる頃には酔いも醒めるだろうと思った。

ところが、いざ乗り込んで座席に落ち着いてしまうと、沙絵はだんだん眠くなってきたらしい。それでも途中までは話をしていたのだが、半分を過ぎた頃には持ちこたえられなくなったようなので、丈博は降りる時に起こすから遠慮なく寝ていいよと言った。

丈博に寄りかかって眠る沙絵は気持ち良さそうだが、酔いも手伝ってなのか、安心したように体重をかけてくる。彼も腕から肩にかかる重みと柔らかな感触が心地よかった。そのうちに寄りかかる重みがさらに増してきて、ぐらっと前に傾いたかと思うと、丈博の腿から膝の上に突っ伏してしまった。

そうなると眠りはすぐに本格的なものになり、呼吸がゆっくり間延びしていった。安らかに波を打つ沙絵の背中が、何とも心地良さそうだった。しかし、丈博の方はしだいに落ち着かない気分になってしまう。沙絵の上体が急に傾いた時、反射的に支えようと差し出した両手が、そのまま彼女の下敷きになって、腿との間に挟まったままなのだ。

——なんか、思いきりオッパイに触れちゃってるよなあ……。

手首のあたりに豊かなバストがしっかり載っていて、彼女の息遣いによって柔肉の圧迫感が微妙に変化する。どうせなら、もう少し手を引っ込めておけばよかったと丈博は思った。そうすればバストをもろに手のひらで受けられたのだ。

そんなことを考えると、胸の鼓動が一気に高まっていく。他の乗客の前で堂々と沙絵のバストに触れていることで、異様に昂ぶってしまうのだ。

——ぐっすり寝てるもんな。ちょっとやそっとじゃ起きないだろうな。

丈博は痴漢したくなる時と同じ邪な気持ちに衝き動かされ、下敷きになっている手首を少しずらしてみた。向かいの乗客にも気づかれないほどわずかな動きだったが、それでもバストを揉んでいるように錯覚するほど、悩ましい肉の感覚が伝わってきた。

電車の揺れに合わせて微妙に手を揺すり続けると、シャツを通してブラジャーのレースのざらつきと、その下の柔媚な乳房をつぶさに感じ取ることができた。本格的な痴漢行為もすでに経験済みだから、それくらいは容易だった。

しだいにペニスに血流が集まりはじめ、それを意識するとますます硬くなっていった。少しずつ盛り上がる股間には、沙絵の二の腕が載っている。その肉感がペニスの膨張に拍車をかけるので、腰を迫り上げたい衝動に駆られるほどだ。それは無理としても、聳り立っていくペニスに毛がからまないよう、腰をもぞもぞ動かすことで、彼女の二の腕で股間が心地よく擦れるのだった。おかげでとうとうペニスは完全勃起状態になった。

そうこうしているうちに丈博の下車駅が近づいてきたのだが、沙絵は一向に目を覚ます気配がなかった。

――これじゃ、仕方ないよなあ。乗り越すしかないだろう。

ここで沙絵を起こして一人で降りてしまうのは忍びない気がして、そのまま彼女が降りる駅まで寝かせておいてあげようと思った。もっとも、彼女のバストをまだ味わっていたいというのが正直なところだった。

ところが、丈博が降りるはずの駅を過ぎて間もなく、沙絵がむっくりと起き上がった。電車の揺れなど特に衝撃を感じたわけでもないだろうに、いきなり目を醒ましたのだ。

「ごめんなさい。あたし、寝ちゃった」

沙絵は乱れた髪を撫でながら、恥ずかしげに言った。意外とすっきりしている沙絵の目を見た途端、丈博の胸に疑問が湧き上がった。

――本当に眠っていたのか？　もしかして……。

沙絵は狸寝入りを決め込んで、丈博が降りる駅を過ぎるまで待ってから、目が醒めたふりをしたのではないか。そうすれば当然、自分が下車する駅まで行くことになるし、そこでさようならというわけにもいかず、成り行きで自分の部屋まで送ってもらうことができる。

――ということは……。

その先まで期待していると考える方が自然だろう。飲み会で知った彼に対する沙絵の気持ちや、派遣仲間たちのやけに協力的な雰囲気を考えれば、充分あり得ることだ。沙絵は窓の外を見て、いまどこを走っているのかと訊いてきた。教えてやると、彼の降車駅を過ぎてしまったことを詫びた。だが、本気で申し訳ないと思っているようには感じられず、表情は何やらうれしそうでもあった。

やはりそういう作戦だったのだと確信すると、丈博の胸になまなましい想像が渦巻いた。バストに手が触れるどころではない、全裸の沙絵を思い描き、秘めやかな肉の感触まであれこれ想像してしまうのだ。

「いいんだよ。ずいぶん気持ちよさそうに寝てたからね、起こすのは可哀相だと思ってさ」

沙絵の作戦に乗って言うと、それきり言葉が続かなくなった。口の中がみるみる乾いていくのだ。彼女は満足そうに笑みを浮かべ、飲み会の時の話をまた始めた。丈博は聞き役に回ることにして、胸の高鳴りを抑えながら適当に相槌を打っていた。

しかし、あれが狸寝入りなら、わざと手を揺らしてバストの感触を味わったことも、沙絵は判っていたはずだ。股間の強張りも気づかれていたに違いない。それをどんなふうに受けとめていたのかと思うと、照れ臭くて仕方なかった。

だが、おかげで下地は充分整って、彼女もすっかりその気になっているとも考えられる。実際には大して酔っていたとも思えない様子がそれを窺わせるのだ。さきほどのバストの感触が丈博の頭から離れてくれず、ペニスは依然として硬く熱り立ったままだった。

「こういう部屋に住んでるんだね」

先週の美樹と同じことを口にした丈博は、言ってからそのことをふと思い出した。すると美樹の厳しい表情が頭に浮かび、スリリングなことをしているとあらためて思った。管理を任されている派遣社員と飲んだばかりか、こうしてアパートまで送り、部屋に入ってしまった。こんなことが美樹に知れたりすれば、どれだけ厳しい叱責を受けるかしれないのだ。

「どこでも適当に座ってね。はい、上着ちょうだい」

「ああ、ありがとう」

上着を脱いで沙絵に渡すと、丈博はベッドに腰を下ろした。沙絵のアパートは六畳間にダイニングキッチンだけだが、風呂とトイレが別になっているようだ。部屋はとてもシンプルで、インテリア小物の類がほとんどない。その代わり、かなりの衣装持ちらしく、洋服ダンスの他にもスタンド式のパイプハンガーに沢山の服が掛かっている。おそらく押入にもいっぱい詰まっているのだろう。

沙絵は彼の上着を自分のと一緒にハンガーに掛けた。上着を脱いだところは初めて見るが、白いシャツを押し上げる膨らみがやけに眩しかった。Ｆカップは優にありそうな双丘の間で、ボタンを留めた部分が左右に張って皺を作っている。横から覗けば隙間からブラジャーが見えそうだ。

会社で集計をしている部屋に何度か出向いているのに、そんなことはまったく気にしていなかった。普段の丈博なら抜け目なく観察しているところだが、やはり今週は美樹のことが気になって、いつもの彼と違っていたのかもしれない。

「ビールならありますけど、飲みます？」

「いや、ぼくはもういいかな。飲みたければ、遠慮せずにどうぞ」

「ううん、やめとく。あたしはね……」

沙絵はそう言いながら丈博の横に腰を下ろし、木の幹に蔓が巻きつくように抱きついてきた。そして、触れそうなほど耳元にくちびるを近づける。

「飲みたいものは他にあるの」

湿った熱い息が耳朶《みみたぶ》にかかり、甘美な電流が背筋から腰へ走り抜けた。それが股間にまで響いて、勃起が治まりきっていないペニスがむずっと疼いた。沙絵はそのままくちびるを軽く触れさせ、吐息で耳朶を包み込む。丈博の腕にバストがむにっと押しつけられ、挑発的に昂奮を誘った。

沙絵がここまで積極的に出てくることは予想していなかった。彼女もその気でいると判っていても、具体的にどう運べばいいか考えを巡らせていたのだが、それが一切無用になった。手間が省けたのはいいが、やや気圧《けお》されるところもあって、ペースを握ろうという気持ちがなかなか湧いてこなかった。

沙絵は舌先で微かに触れて、耳の形をなぞりはじめた。ゆっくり規則的に降りかかる熱い息が耳の中にまで入り込んできて、脳髄をじわじわ痺れさせた。丈博の方がしだいに荒い息遣いになっていく。

抱きついていた沙絵の手が丈博の胸や背中、腰、腕へと這い回る。くちびるは耳から頰へ移り、少しずつ丈博のくちびるへ近づいていった。そして、密着していた体がいったん離れたかと思うと、沙絵が腰を浮かせて彼の正面に回った。

中腰になった彼女が見下ろす恰好で、丈博は顔を少し仰のけて見つめ合った。彼女が瞼を閉じたと思ったら、上から被さるようにくちびるが重ねられた。つられて丈博も目を閉じると、沙絵が彼の頰を両手でそっと包み込んだ。細くしなやかな手指は少し冷たくて、丈博は背筋を微かに震わせた。

ベッドに座ったまま、女性を見上げる体勢でくちづけをされるなんて初めてのことだった。しかも、両手で頰を挟まれている。そもそもキスは女を抱きしめてするもので、同時にバストを揉んだり、いろいろ愛撫してやるものと思っていたから、こんなふうにじっとして、くちびるを差し出すようにするのは新鮮な気分だ。

同時に半分くらいは戸惑いもあり、自分の手の置き場所に困ってしまうのだった。中腰の彼女とは体が離れているので、抱きしめるわけにもいかない。中途半端な状態で、両手を宙に浮かせたまま、ただ〝キスをされている〟しかなかった。

初めてキスをした時のように、丈博は緊張して息を詰めてしまった。苦しくなって吐き出すと、鼻息を荒くしたようで恥ずかしい。沙絵は自然で穏やかな息遣いをしていて、酒の匂いと微かな口臭を含んだ吐息がくちびるの隙間から流れ込んでくる。

ただ触れているだけのキスだが、ぽってりした沙絵のくちびるの柔らかさが、何とも官能的な気分を醸してくれる。頭の中がボーッと霞む感じさえした。

不意に沙絵のくちびるが離れた。といっても、ちょっと動けば触れそうなくらい間近で止まり、目を開けたら至近距離でまともに見つめ合ってしまった。

「島崎さんて、すごくタイプなの……。月曜日に顔合わせしたでしょ。あの時すぐにキュンて感じちゃったのよ。だからとってもうれしいの……」

沙絵は吐息を声にしてそう言った。抑えた声音はいつもと違って、年上らしく落ち着いた感じに聞こえた。鼻先が触れ合ったまま、くちびるを湿った息でくすぐられるのも心地よかった。

再びキスになると、今度はすぐに沙絵の舌が差し入れられた。丈博も絡め合うつもりで差し出したが、何となく受け身の気分が尾を引いて、彼女に預けたままになってしまった。

沙絵の舌は思いのほか薄く、舌先が尖ったように感じられた。それが彼の舌を小刻みに弾いたり、ねっとり纏いついてきたりする。深く浅く、存分に動き回り、時には内側の歯茎をなぞったりもした。

丈博はしだいに口の開きを大きくして、まるで餌をもらう雛鳥《ひなどり》のようになった。しかし、与えられたのは餌ではなく、沙絵の唾液だった。活発に舌を蠢かせるうちに、とろとろ流れ込んでくるのだ。

少し甘みを感じたが、実際は無味なのかもしれない。甘美な舌の感触がそう錯覚させている気もする。口腔に溜まる沙絵の唾液は、彼自身のものと混ざり合ってたっぷりの量になった。それをこくりと呑み込むと、昂ぶりにますます拍車がかかる。

頬に触れていた沙絵の両手が、耳の上をすべって髪の中に潜り込んだ。指を開いて梳《す》いた髪を挟むように浮き上がると、何度もそれを繰り返した。彼のヘアスタイルを乱しているみたいたが、爪が頭皮を擦ったり、手のひらが耳をかすめたりすると、そのたびに甘い痺れが背筋をぞくっと駆け抜けた。

丈博はベッドに座ったまま、彼女のキスにすっかり翻弄されていた。ようやく両手で彼女の腰を捉えたが、それもやはり手を添えているだけでしかなかった。

沙絵は彼の髪を本当にくしゃくしゃにすると、もう一度頬を撫でてから、その手をさらに胸元へ這い下ろしていった。ねっとり舌を使いながら、彼の胸に両手でそれぞれ円を描いた。時折、指先が乳首をかすめると、鋭い快感が走り抜け、反射的に体がぴくっと震えてしまう。

沙絵はそこに狙いをつけて、指先で描く円をゆっくりと狭めてきた。やがて指が何度も乳首を擦るようになると、ペニスは完全に屹立していった。ズボンの前が窮屈になって、そのまま攻め続けられたら射精しかねない気持ちよさだった。

「んっ……んっ……」

丈博は彼女に舌を預けたまま、快感が走るたびにくぐもった声を洩らした。同時に体もひくっと震えてしまい、それほど気持ちいいのだと沙絵に告げているようなものだった。濃密なくちづけを続けながら、彼女が触れているのは両手の指先だけなので、意識がそこに集中して、より敏感になっている。

しばらくすると、擦れた乳首から電流が走り、張りきったペニスが脈を打った。丈博は一瞬、まずいと思ったが、精を洩らしたわけではなく、粘液が滲出しただけだったようだ。

すると、沙絵のくちびるが不意に離れていった。見ると間近に彼女の瞳があって、濡れたように光を湛《たた》えていた。丈博も眼球が熱っぽく感じられたので、やはり同じような目をしていたに違いない。

沙絵の口元に微かな笑みが浮かんだかと思うと、シャツのボタンが上から順に外されていった。丈博は袖口のボタンを自分で外し、シャツを脱いでベッドの下に放った。そして、彼女の方も脱がせてやろうと思ったが、それより先に沙絵の手が伸びてきて、裸の肩に触れた。

しなやかな指は、肩からさらに胸や腕へと這い回った。肌に微かに触れた状態でゆっくり撫でていく、羽根で掃くような繊細なタッチだ。それは沙絵の彼に対する気持ちの表れなのかもしれず、そう思っただけで喉の奥の方から熱いものが迫り上がってくる感じがした。

「元村さんも……」

丈博はそのお返しの意味で愛撫してやりたくなり、沙絵の肩に手を伸ばした。だが、彼女はその手をやんわりと遮《さえぎ》った。

「いいよ、あたしは。島崎さんに気持ちよくなってもらうのが先だから。ほら、横になって」

沙絵に促されて、そのまま後ろに倒れて仰向けになった。沙絵は彼の足元に跪《ひざまず》くと、ズボンのベルトを外し、引き下ろした。丈博は腰を浮かせて脱がせやすくしてやった。すると、グレーのボクサーパンツが股間をこんもり盛り上げて現れた。隆起の先端にポツンと黒っぽくシミができている。

迫り上げた腰を元に戻しても、棒状に膨らむ逞しさは変わらなかった。下着の中でペニスがすっかり怒張しきっているのだ。沙絵は潤んだ目をいっそう妖しく光らせて、ウエストのゴムに指をかけた。

――いきなり素っ裸かよ……。

彼女がまだ着衣のままなのに、自分だけ全裸になるのは恥ずかしかった。だが、それで昂奮を煽られるのも間違いないことだ。ふと美樹のことが脳裡に浮かんできた。いま自分が感じているものは、羞恥に烈しく喘いだあの時の彼女と同じかもしれないと思い、気持ちが急いてしまうのだった。

沙絵が慎重そうな手つきでゴムを浮かせ、膨張した亀頭に引っかからないようにめくり下ろすと、巨大な栗の実を思わせる淡褐色の肉塊が姿を現した。洩れた粘液が付着して、表面がてらてら輝いている。

「……すごい、こんなに元気なんだね。うれしい」

濡れた目を輝かせながら、沙絵は下着を腿までめくっていった。全貌が露わになった途端、ペニスがひくっと震え、先端の割れ目からまた透明な液が滲み出た。

沙絵はパンツを足から抜き取って、靴下も手際よく脱がせていった。それからペニスに顔を近づけ、じっくり興味深そう観察した。だが、見ているだけで触れようとはしなかった。

どうするつもりなのかと訝ると、彼女はベッドに載って丈博の胸に覆い被さってきた。くちびるが胸のあちこちを触れて回り、鼻息が肌をくすぐる。そして、おもむろに乳首に舌を伸ばしてちろりと舐め上げた。

「あうっ……！」

甘美な電流に直撃されて、思わず喘ぎ声を上げてしまった。沙絵の吐息が強まったのは、彼の素直な反応がうれしくて、たぶんくすっと笑ったのだろう。

彼女は臍のあたりをやさしく撫で回しながら、乳首を舌で転がした。丈博が感じやすい右の乳首だったが、それが偶然とは思えなかった。ワイシャツの上から撫でている時、どちらがより感じるのか気づいていたに違いない。

腹部を撫でている手がもう少しで亀頭に触れるのだが、沙絵はわざとそこを避けて、太腿の方へ這い下ろしていった。もちろんそれでも心地よくて、ペニスは断続的に脈を打っているが、やはり直接触れてほしかった。

「どうして触ってくれないんだ」

沙絵はふっと笑みを洩らし、下ろしていた手をゆっくり戻してきた。だが、それでもやはりペニスには触れず、その周りをぐるりと撫でるだけだった。

「ここはもう少し我慢しててね。そうすれば、あとでうんと気持ち良くなれるから。美味しいものは、あとに取っておく方がいいのよ」

勃起に目を移して言うが、丈博よりもむしろ自分に言い聞かせているような口調だった。それで丈博は、沙絵自身も本当は早く触りたいのかもしれないと思った。それを我慢することで、自ら昂奮を煽っているような気がしたのだ。

美樹を焦らし続けた時、それが自分を焦らす結果になったのを思い出した。欲望を溜め込むことが、いっそうの昂ぶりに結びついたのだ。

「わかった。我慢するから、好きにしていっ……」

沙絵は彼の言葉を待たずにまた乳首を嬲りはじめた。舐めたり弾いたり、さらには口に含んで強く吸ったりもする。気持ちよくても続けられるとしだいに感覚が麻痺するものだが、それも折り込み済みなのか、いったん乳首から離れて間を置いてから、急に舞い戻るのだった。

丈博は彼女がどれくらい経験を積んでいるのだろうと思った。さっきのキスや愛撫にしても、いまの言い方にしても、経験はかなり豊富だと窺わせる。年下のような外見とは、ずいぶんギャップがありそうだった。

沙絵に嬲られているうちに、丈博は乳首とペニスは神経が直結していることを再認識した。乳首で生じた甘い痺れがペニスに直接繋がって、まったく触れてもいないのにずっと屹立《きつりつ》したままなのだ。

先端から洩れる粘液が幹を伝って流れ、肉竿と下腹の間の毛叢にかなり溜まってきている。丈博はそれを自分で亀頭に塗りつけたかったが、あえて我慢することにした。沙絵にそう言った手前というのもあるが、やはり自分自身を焦らす気持ちが強いのだ。少しも触れていない亀頭がパンパンに張っていくさまも、見ていて何やら興味をそそられる。

しばらくすると沙絵は、乳首から離れてゆっくり体を下にずらしていった。くちびるると舌で軽く触れるだけのソフトなタッチで愛撫しながら、臍のあたりまで下がっていく。

ところが、亀頭に頬が触れる寸前で迂回して、腰骨から尻の横を舐めさすった。怒張したペニスが文字通り目と鼻の先なのに、沙絵はそのまま通過して太腿に移っていくのだ。そして、いったんベッドから降りると、膝の裏に手を入れて、脚を持ち上げるように促した。丈博がベッドの縁に片脚を載せると、

「そうじゃなくて、両脚とも載せて」

と言って、もう一度自分もベッドに載ってきた。丈博が膝を立てて体勢を変えたところを、彼女は片脚を抱え上げ、向こう脛にくちびるを触れさせた。

――えっ……。

毛脛に触れる柔らかなくちびるの感触は、丈博の意表を衝いて、やけに官能的な気分を醸してくれた。沙絵は舌をちろちろ蠢かせながら、さらに足首の方へと移動する。

〝まさか〟という思いを〝もしや〟の期待感が上回った。

沙絵は足首を支え持ち、くちびると舌で踝をなぞりながら、もう片方の手で太腿の外側から内側をやさしく撫でていく。濡れた舌が足の甲を辿って爪先に向かうと、丈

博の体にぞくっと震えが走った。

——やっぱり舐めるんだ！

足の指に全神経が集中して、沙絵の舌を待った。彼女はそこで動きを止めて、チラリと丈博に視線を流してきた。その目はさきほどよりも、さらに妖艶な光を帯びていた。丈博も頬を火照らせて、喘ぐほどに息が荒い。

沙絵は思いきり舌を伸ばし、ようやく爪先に到達した。そして、何の躊躇いも見せずに親指を口に含んだ。

「あっ……！」

丈博は思わず声を上げてしまい、熱り立ったペニスがさらに伸びをした。足の親指が温かく濡れた粘膜に包まれる感覚というのは、あまりに新鮮かつ衝撃的だった。そして、沙絵が指を含んだまま舌を蠢かせると、奇妙なくすぐったさが異様な昂ぶりを誘うのだった。

彼女は上着を脱いだだけで、着衣のまま足の指をしゃぶってくれているが、一方の丈博は全裸で横たわっている。この妖しい光景もまた昂奮に拍車をかけていた。

美樹と関係した時も彼女は着衣のままだった。あの時はあたかもオフィスで交わっているように感じたが、全裸になって沙絵に足の指をしゃぶられると、今度は性的奉仕をさせている気分になるのだ。

沙絵は親指をしゃぶるだけでなく、他の指やその隙間にも舌を這わせていった。いくら何でもそんな所は汚いのに——と恐縮する気持ちも多少はあるが、それよりも奉仕させる愉悦の方が勝っている。命じたわけではなく、彼女が進んでやってくれていることなのに、丈博は密かにご主人様気分に浸っていた。

沙絵は足の指を一通り舐め尽くすと、もう一方に移って同じことを繰り返した。彼女が脚の間に陣取ったので、丈博は仰向けで脚を広げ、片脚を高く持ち上げている。剝き出しの怒張がいっそう目立つ恰好だ。

彼女は丁寧に舐めしゃぶりながら、その張りきった逞しいペニスに視線を向けている。下腹から足先へと移動する時もチラチラと見てはいたが、いまは粘りつくような熱い視線をジッと向けたままだ。

しだいに丈博は、視線で愛撫されているような心持ちになってきた。美樹を視姦した時のことが思い浮かぶが、いま彼が感じているのは、羞恥ではなく誇らしさだった。淫靡な光を宿した沙絵のまなざしが、逞しい肉竿を誇示したい気分にさせるのだ。

その一方で、見られるほどに高まるもどかしさは、しだいに堪えるのが難しくなっていった。我慢の証の粘液が、相変わらず涎のように洩れ続け、沙絵がまだ触ってくれないなら自分でしごいてしまいたくなる。

丈博の中で、足の指をもっと舐めていてほしい気持ちと、狙いをペニスに変えてほしい気持ちが鬩《せめ》ぎ合った。自分で触りたいのも我慢しているので、手は行き場をなくして腰骨のあたりをうろうろしている。

沙絵はそんな様子を見て、ようやく足の指から離れた。広げた脚の間に身を屈め、怒張に顔を近づけてきたのだ。

「舐めてほしい？」

ペニスの間近にくちびるを寄せて言うと、湿った息が幹の根元から嚢皮をくすぐった。それだけで触られた感じがして、肉竿がひくっと揺れてしまう。

「舐めて……」

「いいよ、舐めてあげる。あたしもこれがほしかったんだ」

沙絵は口元に笑みを浮かべると、舌を長く伸ばして幹の部分をねろっと舐めた。湿った薄い舌の感触が心地よくもあり、くすぐったくもあり、丈博はわずかに身を強張らせると、天井を向いてゆっくり息を吐いた。

そんな様子を上目で窺いながら、沙絵は肉竿の正面だけでなく、幹の周囲にも舌を這わせていった。だが、ペニスを握るわけではなく、手は太腿から臍のあたりまでを彷徨うように撫で回している。

手を使わずに舌で丁寧に舐めるだけというのは、ペニスを大切に扱われているような気がしてうれしいものだった。しかも、やさしいタッチで撫でさする手が何とも心地よく、まさに奉仕を受けている気分になるのだった。

肉茎の表皮をくすぐる鼻息は思いのほか強かった。やはり沙絵もずっとペニスを舐めたくて仕方なかったのだろう。それを我慢してきたのは、彼女が言うように丈博を気持ちよくさせたいからか、それとも自身の昂ぶりを煽るためか。丈博はそのどちらも正しいように思った。

沙絵は幹を丁寧に舐めてから、上に移動して雁首をぐるりと嬲り回した。括れから張り出した部分をなぞり、さらには糸筋状の敏感な部分を舌先でちろちろと擦る。途端に肉の竿が大きく撓り、内部を素早く走り抜けるものがあった。

たっぷり焦らされた挙げ句、こんなに早く射精してしまうのかと慌てて亀頭の先を見ると、洩れたのは粘液だった。しかし、完全に透明ではなく、ほんの少し白いものが混じっている。

——ちょっと、やばかったかも。なんか、すぐ出ちゃいそうな感じだな……。

不安が兆したものの、それならそれで何回もやればいいのだと思い直すと気が楽になった。沙絵の前では男の体面など関係なく、あるがままに快楽を愉しめばいいと思えるのだった。

沙絵は顔を横に向けて彼の腹に頬を押しつけると、漏れ出た粘液を拭うように、亀頭全体をぬるりと舐め回した。さらには先端を口に含んで残存液をちゅるっと吸い出し、そのまま亀頭全体をすっぽり咥え込んできた。

「ふうっ……」

温かな粘膜に包まれて、丈博は思わず安堵に似たため息を洩らした。安らぎさえ感じさせる心地よさだった。

ところが、沙絵の舌が動きだすと、たちまち甘やかな痺れが拡がって、快感の針が大きく振れだした。亀頭の周囲だけではなく、裏筋や先端の鈴口など、感じやすいところを攻められたのだ。

「ああ、気持ちいいよ……これじゃ、すぐ出ちゃうかも……。あああ、すごい……気持ちいい……」

丈博はうっとりした声で言い、沙絵の頭を撫で回した。本当にすぐ発射してしまいそうな気がしたが、舌使いを和らげてくれとは言わなかった。気持ちよければそのまま射精してしまうつもりだった。

沙絵も休もうという気はないらしい。肉茎を握って引き起こすと、横からではなく正面に向き直って深々と咥え込んだ。舌を蠢かせながらゆっくり吐き出して、それを繰り返す本格的なフェラチオに変わった。今度は舌がもろに裏筋を捉えていて、スライドさせるたびに、驚くほどなめらかな摩擦感が生じるのだった。

フェラチオの快感を味わうのは本当に久しぶりで、それを思うと美樹にしゃぶってもらえずに終わったのが何とも惜しかった。いじったり舐めたり、そして挿入も果たしてそれなりに堪能したのだが、こうして沙絵の献身的とも言える愛戯を受けてしまうと、美樹にもやってもらいたかったと思ってしまうのだ。

——足の指なんか舐めさせたりしたら、たまんないだろうな。どんな顔して舐めるかな……。

美貌の上司に沙絵のような奉仕をさせている図を想像すると、全身がぞくぞく粟立つようだ。いままでと変わりなく厳しい美樹が、彼の全身を、それこそ汚れた部分まで舐めつくしてくれたら最高だと思う。

そんなことを考えているうちに、沙絵の口淫はますます熱の籠もったものになった。屹立するペニスを握りながら、もう片方の手を下に這わせて嚢皮をやんわり刺激してきたのだ。皺だらけの表面をかすめるように掃くのが何とも心地よくて、亀頭をしゃぶるのと同時にやられると、全身の力が抜けてしまうほどの快感に見舞われた。

舌使いもいっそう活発になって、スライドと並行して小刻みな動きを見せている。丈博は両手で布団をぎゅっと摑み、高まる官能の波に身を任せた。もう間もなく、射精の瞬間が訪れそうだった。

肉竿の擦りがさらに強まって、握っている沙絵の手を振りきりそうな勢いだ。彼女も発射が近いことに気づいているようで、くちびるをきつくすぼめ、スライドに強い吸引を加えてきた。

「ああ、出る……もう出るよ……」

ペニスを咥えていて喋れない沙絵は、頭の上下動をより速くすることで応えたが、それは了解してしきりに頷いているようにも見えた。

丈博が急激な性感の高まりを感じた直後、熱い塊が肉竿から弾き出された。どくっ、どくっ、どくっと立て続けに官能の波動が湧き起こり、沙絵の喉奥を撃つ。焦らしに焦らし抜かれた末の猛爆だった。沙絵は暴れる肉砲を咥え続け、夥しい量の精液をすべて受けとめた。

逞しい脈動が治まってもペニスを咥えたままでいた彼女は、しばらくしてからゆっくりと吐き出していった。くちびるを締めて肉茎を刮《こそ》げるようにするのは、溜まった精液を一滴も零さないためか、あるいは尿道に残存するものまで搾り出そうとするようでもあった。

そして、吐き出したペニスを眺めながら、受けとめた精液を、喉をこくんと鳴らして呑み込んでしまった。チラッと丈博を見たその目に羞じらいの色が浮かび、濃密な愛戯を繰り返した沙絵が、その一瞬だけ、外見通りのキュートな女の子に戻ったようだった。


「すごい、元気なのね。なかなか萎《しぼ》まないじゃない」

「うん。しばらくはこんな感じだよ」

丈博は掛け布団をめくってシーツに横たわっていて、下腹部には沙絵の唾液にまみれた肉棒がごろんと載っている。やや短くなって、硬さはかなり弱まってはいるが、まだぽってり太ったままで、そう簡単には萎みそうになかった。

沙絵はベッドに腰かけて着ているものを脱ぎながら、まだ逞しさを失わないペニスを頼もしそうに見ていた。

「ふうん。じゃあ、またすぐに大きくなるのかな」

悪戯っぽい目を向けられると、肉棒の芯が疼くようだ。沙絵は脱いだらまたすぐに勃起させようというのだろうか——今度は自分がじっくり味わう番ではないのかと丈博は思った。

沙絵のバストはやはり見事なものだった。ピンク地に黒のレースを施した可愛らしいブラジャーから、たわわな果実が零れ落ちそうに実っている。立ち上がってスカートを脱ぎ落とすと、ストッキングの下はブラジャーとペアのTバックだった。

丈博に背を向けてそのストッキングを脱いでいくので、瑞々しい桃のような挑発的なヒップと、割れ目に食い込んだ細布を見せつけられた。秘部を覆う部分は幾筋もの皺を作っているが、よく見ると色が濃くなっているようで、かなり愛液を吸っているものと思われた。

パンティそのものはベッドに腰を下ろしながら脱いだので、はっきり確認できたわけではないが、丈博の体を愛撫しているうちに、下着まで染み出すほど濡らしてしまったに違いない。

沙絵は最後にブラジャーを外すと、乳首を手で隠して恥ずかしそうに振り向いた。それでもなお明かりを消そうとしないのが丈博はうれしかった。言うまでもなく、沙絵の体をくまなく観察できるからだ。

ところが、彼女は丈博の顔からペニスに視線を移すと、もう一度悪戯っぽい目になり、股間に向かっていきなりダイブしてきた。ほんの一瞬だったが、可愛いピンクの乳首が揺れながら目に飛び込んできた。

「また大きくしちゃおっと！」

ペニスは太さを失っていないものの、根元はすっかり柔らかくなっている。沙絵はそれを垂直に立てて咥え込んだ。先の部分だけを口に含み、大きな飴玉でもしゃぶるように舌を絡めてきた。

くすぐったい心地よさが亀頭を包み込んで、すぐさま血流が注ぎ込まれた。だが、沙絵が握っているせいで、下腹に接する角度にはならない。天井を向いたまま弓形に硬く反っていくのだった。

「ちょっと……それはズルイんじゃないか。自分だけってのはさ」

「……だって、これが好きなんだもん」

「ダメだ。そんな勝手なことは許さんぞっ！」

あっけらかんとペニスをしゃぶる沙絵に影響されてか、丈博もおどけた調子で言い放つと、身を捩って彼女の腿を摑み、こちらに引き寄せる。しゃぶってくれるのはいいが、せめてシックスナインに持ち込もうと思ったのだ。

沙絵は素直を体勢を変えて、ペニスを咥えたまま丈博の顔の上に跨った。秘めやかかな肉がすぐ目の前に暴き出され、仄かに淫臭を漂わせた。思った通り、ぐっしょりと蜜にまみれている。

充血した肉びらがぱっくり開いていて、赤みがかった桜色の粘膜がてらてらと鈍く光っている。肉の芽は小ぶりだが、包皮も覆うほどはないので剝き出し状態に近かった。

淡い秘毛が丘の上にほんの少し生えているだけなので、秘部の全貌があからさまになっている。秘丘だけ見ると少女のようで、沙絵の外見とマッチしているが、濡れそぼつ淫裂は実になまなましく、その落差が何とも卑猥感たっぷりなのだ。

「すごい、濡れてるよ。なんでこんなに？」

「……やだもう、じろじろ見ないでよ」

「そんなこと言ったって、こんな近くにあるんだから、しょうがないじゃないか」

丈博のとぼけた言い方に、沙絵は尻を振って恥ずかしがるが、どうも本心とは思えない。指で肉びらを広げると、対抗するように上下運動でしゃぶりはじめたが、照れ隠しというよりは、言葉通り純粋にペニスが好きなのかもしれない。

ぽつんと小さく開いた秘孔は、ここに勃り立ったペニスが入るのかと思うほどだが、目を凝らしてよく見ると、穴の内壁が中央に迫り出す感じで本当に狭そうだった。

これだけ濡れていれば大丈夫だろうと思い、丈博は人差し指を突き立ててみた。容易に入ってしまい、中のぬめり具合も申し分ないが、やはり圧迫感は強かった。ペニスを挿入した時の感覚をつい想像してみたくなる肉壺だ。

ゆっくりと抜き挿しながら、内部の様子をさぐっていくと、内壁の粘膜は美樹ほど軟らかくはなく、蠢く感じもやや弱いが、指全体がきゅっと搾られるのだった。入口の締めつけも強く、緊縮感そのものは間違いなく美樹を上回る気がした。

入ってすぐの敏感なポイントは、思ったより凹凸が浅い。だが、指先で擦ると途端に尻が悩ましく躍り、感度の良さがはっきりした。花蜜も湧き出して、指の滑りがさらに良くなった。

丈博は蜜を掻き出すようにして指を抜き、露わになっている肉の芽に塗りつけた。すると、くぐもった声とともに沙絵の腰がぶるっと震え、咥えられた肉竿に歯が当たった。かなりの快感が走り抜けたのは一目瞭然だった。

――中よりこっちの方がいいのか？

丈博はそう思い、肉壺の中とクリトリスとを交互に攻めてみた。するとやはり、中よりもクリトリスの感度の方が良いのだと判り、今度は舌で嬲りはじめた。

「……んぐっ……むううっ……」

沙絵はペニスを咥え続けながらも、高まる性感に翻弄されはじめた。おしゃぶりが思うようにできなくなったのだ。だが、それが丈博には好都合で、結合前の性感をコントロールするのに役立ちそうだった。あまり早く昂ぶって、インサートから発射までが短くなったのでは惜し過ぎる。この肉壷の締まり具合は、是非ともじっくり味わいたいと思うのだ。

沙絵が反撃に出ようと舌を使いはじめたので、ある程度までは好きなようにしゃぶらせてみることにした。だが、しだいに快感が高まってくると、射精の兆しが現れないうちにと思い、肉芽への攻めをまた活発にした。舌先でくりくり転がして、さらには吸いついた状態で小刻みに弾いてみる。すると、彼女の舌使いがすぐに鈍ってしまうのだった。

そうやって丈博は、射精欲を高めることなく勃起状態を保ち、沙絵が断続的に腰を震わせるほど感じさせることができた。肉壷にも指を入れているが、そちらは抜き挿しで刺激するだけでなく、締めつけの度合いが彼女の昂ぶりを知る手立てにもなった。

「んああっ……もうだめ、我慢できない。これ……入れてぇ……」

沙絵はとうとうペニスを吐き出してしまい、交合を求めてきた。丈博は嬲るのをやめて、体勢を変えようと体を起こした。すると沙絵は、それを制してベッドから下りると、今日会社に持ってきたバッグを開けて中をさぐりはじめた。

「どうしたの？」

「これ。今日はちょっと危ないから」

中から出して見せたのはコンドームだった。

「いつも持ち歩いてるわけ？」

「そんなことないけど、今日はね……」

沙絵が言いかけたのは、〝今日は危ない日だから〟ではなく、〝今日はそのつもりだったから〟ということだろう。もちろん悪い気はしないが、丈博はふと、コンドームを持ち歩かなくなってどれくらい経つだろうとぼんやり考えたりもした。

「付けてあげるから、寝てていいよ」

言われて再び仰向けになると、沙絵は封を切って取り出したゴムをペニスの先端に当て、慎重に装着させていった。意外にも慣れた手つきとは言い難いが、それでも付けてあげると言いだしたことや、いかにも真剣な表情に彼女の気持ちが表れているようだった。甲斐甲斐しく見える仕種には、結婚したらきっと世話女房になるだろうと思わせるものがあった。

何とか根元まで装着できて、沙絵は一仕事終えたようにふうっと肩で息をした。そして、準備を終えたペニスから丈博に視線を移し、〝どうする?〟というように首をわずかに傾けた。

「お尻、こっち向けて。バックでやりたい」

「えっ、そうなの……なんか、恥ずかしいな」

沙絵の腰を摑んで後ろ向きにさせると、彼女はやや戸惑いを見せた。やはり正常位がいいと思っていたのだろうか。だが、丈博はストッキングを脱ぐ時に見た挑発的なバックショットが脳裡に残っていて、バックで突き入れてみたかったのだ。

屹立した肉竿を握り、四つん這いになった沙絵の秘裂にあてがった。先端で肉の溝を擦って穴の位置をさぐり、収まりのいい窪みを見つけると、ゆっくり腰を押し出していった。突き当たった窪みがじわじわ開く感じがしたが、急に抵抗が弱まって、亀頭がすっぽり潜り込んだ。

「あんっ……」

沙絵の背中が弓反りになって、甘い声が洩れた。鼻にかかったその声はすぐに吐息に変わり、息だけで彼女は喘いだ。

亀頭を突き入れてしまうと、後はスムーズに奥まで挿入できた。だが、夥しい愛蜜がそうさせたのであって、肉壺の締まり具合はやはり強かった。秘孔を覗いた時、迫り出すように見えていた内壁が、いまはペニスをしっかり圧迫しているのだ。

「すごい……ああ、すごく大きい……こんなに大きいのが入ってる……太くて長いのが……ああっ、奥まで入ってる……」

結合を果たしただけだというのに、早くも沙絵が譫言のように喘ぎはじめた。丈博のペニスだけでなく、自分の言葉に酔っている感じもする。元々が鼻から頭に抜けるような、アニメキャラを連想させる可愛い声だから、甘えるような響きがよりいっそう強調された。

丈博が腰を突き動かすと、ペニスは強い緊縮とともに、ぬめぬめした摩擦感に見舞われた。美樹ほど妖しく蠢くわけではないが、入口から奥まで全体的にきつく搾られる心地よさがあった。ゆっくりやるより素早い動きの方が良さそうなので、丈博は最初から速い抽送を試みた。といっても、いきなり激しく突き込むのではなく、小刻みで速い律動を心がけた。

「すごく締まってるよ。ほら、こんなに締めてる……自分でもわかる？　ギュッと強く締めてるよ、ほら……」

「ああんっ、いやぁ……！　そんなの、わかんない……あああんっ！」

肉壺そのものがきつく締めつけるので、速い運動は鮮烈な摩擦感を生んでくれた。

たとえ小刻みに動かすだけでも、鋭い快感が湧き起こるのだ。丈博は悦楽に後押しされるように、しだいに荒々しい腰つきに変わっていった。

片手を伸ばして揺れる乳房を鷲掴みにすると、腰使いがそのまま手に伝わったように、荒々しく揉みしだいた。豊満な乳房は目も眩《くら》むほどに柔らかく、手の中で自在に形を変えては元に戻る。それが面白くて、ますます荒い手つきになった。

「あんっ……あんっ……ああんっ……」

やがて沙絵の声は、リズミカルな喘ぎだけになっていった。丈博の太腿が沙絵の尻を叩く音も、実に官能的な音楽となって彼の脳を刺激する。その二つが混じり合って、丈博の腰使いを加速させるのだった。

献身的な愛撫をしてくれた沙絵へのお返しとして考えると、かなり荒っぽい腰使いになってしまったが、彼女は間違いなくそれを悦んでいる。当初は四つん這いだったが、しだいに上体が沈んでいくので、乳房を揉むのが難しくなり、とうとうベッドに伏せてしまった。シーツに頰を擦りつけ、尻だけを高く突き上げるポーズは猥褻感たっぷりだ。

丈博はいっそう激しく突き込んで、射精欲が湧き起こると緩やかな律動に変えた。そして、後ろから沙絵の股間に手を回し、結合部のぬめりを指で掬って感じやすいクリトリスを刺激していった。

そうやって抽送を繰り返しているうちに、射精欲をやり過ごすのに時間がかかるようになった。そして、危うい衝動が背筋を走った時、丈博は一気にスパートをかける決心をした。

「あああんっ！　あんっ……あんっ……」

沙絵も頂上が見えてきたらしく、一段と鼻にかかった声を上げて身悶えをはじめた。ベッドに這い蹲《つくば》って、シーツを固く握りしめている。高く突き上げた尻を丈博の方に押しつけてくるのは、無意識でやっていることかもしれない。

「あああっ……いやっ……ダメダメ……ダメェ……あっ！　あっ……あんっ！」

沙絵の甲高いよがり声とともに、抽送をストップさせるような肉壺の強烈な収縮に襲われた。その直後、急激な上昇感がやって来て、下腹の奥で熱い塊が弾け飛んだ。

「おおおっ……んんっ！」

抑えた呻き声とともに、牡の樹液が迸《ほとばし》った。目の中で白く眩《まばゆ》い光が粉々に砕け散っていく感じがして、丈博は何度も何度も腰を打ちつけていった。

第五章　会議中に蠢く指

週明けの月曜日、丈博は集計作業の進捗を山浦課長に報告した。残っているアンケートの量と作業の見通し、さらにこれから社に届けられる分についても、その量と所要日数を想定して説明した。

「よく判ったわ。最終的な回収数については、わたしも島崎君の予想するあたりだと思う。やっぱり締め切りが近くなったら、それくらいは増えると考えた方がいいでしょうね」

「そう思います」

「ということは、なんとか来週いっぱいで終われそうね。じゃあ、最後の分が届いたところで、もう一度確認しましょう。派遣会社との話はそれからね」

緊張しながら報告した丈博だったが、事なきを得てほっと安堵した。だが、その一方で美樹の態度が妙に柔らかいのが気になった。

トイレに立った時、廊下で先輩の岡部と出くわしたので、それとなく尋ねてみた。すると彼は、そうかなあと言って少し考えてから、心得顔で教えてくれた。

「じゃあ、それはきっと旦那さんのせいじゃないかな」

「旦那さんが、どうかしたんですか」

「アメリカから一時帰国するとか、してるとからしいんだよね。機嫌がいいとすれば、そういうことじゃないか。なんだかんだ言っても、課長も女だってことかな」

岡部は終わりの一言で声を潜め、にやりと笑って席に戻る。久しぶりの夫婦生活のことを言っているのかもしれないと思い、丈博の脳裡にあられもない美樹の恥態が浮かび上がった。トイレの薄闇や明るい部屋で、スーツを着たまま秘部を剝き出しにした光景。そればかりか指やペニスに、濡れそぼつ肉壺の感触まで甦るようだった。

トイレに入って小便器の前でペニスを掴み出すと、芯が通りかけて真ん前を向いてしまう。もやもやした気分でどうにか小用をすませ、ペニスを振ると、排尿に似つかわしくない長さと重みが妙な疼きを生んで、美樹の肉の感触がまたぶり返した。

丈博は水平状態の肉茎を握りしめ、横にある個室の扉に目をやった。その時は明確な意志が働いたわけではないが、空いている個室を目にするともう、そのままトイレから出ることができなくなってしまった。

──こんな所で……。

会社のトイレでオナニーをするなんて、社会人として恥ずべきことだが、皆が真面目に勤務している最中なのだと思うと、異様な昂奮に囚われもするのだった。

丈博は急いで個室に入ってペーパーを巻き取った。そして、美樹のことを思い浮かべながら、壁に凭《もた》れてペニスをしごきまくった。意識の半分はトイレの出入り口に向けるものの、しだいに美樹の姿が多くを占めていく。

途中でシルエットだけの男が美樹に重なる場面に置き換わったが、不思議と嫉妬めいた気持ちが湧くことはなく、むしろ覗き見の昂奮に似たものがしごく手を激しくしていった。やがて、突き上げる快感とともに大量の白濁液が噴き出し、それを注意深くペーパーで受けとめた。

慌ただしいオナニーが終わると、一気に現実に戻された。急いでペニスの始末をしてトイレに流し、匂いが籠もってないかを確認した。大丈夫だとは思ったが、念のため小便器の後ろの小窓を開けたままにしてトイレから出た。

恥ずかしいことをしたという気持ち以上に、異様な昂ぶりが尾を引いていた。そのまま席に戻らず、沙絵のいる作業室に向かったが、特に目的があるわけではなく、何となく彼女の顔が見たいだけだった。

沙絵の部屋で関係を持った金曜の夜は、結局、明け方近くまで何度も交わり、昼までベッドで一緒に眠った。学生時代の彼女と別れて以来、久しぶりに味わう恋人気分だった。彼女とは臨時の派遣業務が終わってからも会う約束をしていて、本当の恋人関係に発展するのは間違いなさそうだ。

しかし、だからこそというか、社内ではそういう雰囲気を見せてはいけないと肝に銘じている。にもかかわらず、ふらふら出向いてしまうのが我ながら情けないが、ちょっと顔を見るだけですぐ席に戻るのだと自分に言い訳をした。

作業室に入るとすぐに沙絵と目が合った。柔和なまなざしで見つめ合い、すぐに視線を移すと、全員が手を止めて丈博を見ていた。先週はそんなことはまったくなかった。彼が部屋に入っても、見るのは一瞬だけで、すぐに作業を続行していたのだ。

——こりゃ、バレてるな。沙絵のやつ、喋っちゃったのか。

沙絵が自分から話すとは思えないが、あの情況で飲み会がお開きになったのだから、その後どうなったかを問い詰められないはずはない。うれしさのあまり、つい喋ってしまったというところだろう。

「ええと、今日の進み具合はどうでしょう」

取って付けたように言うと、いちばん手前に座ってる人が、

「まだ始めてそんなに経ってないですけど、一応順調に進んでます」

と応えた。作業を始めてまだ一時間も経っていないのだから、わざわざ進み具合を尋ねに来るのもいかがなものか、ということに気づいて丈博は赤面する思いだった。

実際に頬が少し赤らんだようで、皆がいまにも笑いだしそうなのを堪えているように見える。沙絵も下を向いて口元を緩めているが、何やらうれしそうでもあった。

「そうですか。じゃあ、引き続きよろしくお願いします」

丈博はその場にいづらくなって、早々に退散することにした。まだ頬が火照り気味だったが、早く席に戻った方がいいだろうと思った。

廊下を歩きながら、丈博はふと美樹のことを考えた。沙絵とのことで浮いた気分になりながらも、依然として美樹の存在が頭から離れないのだ。次の一手を打てないまま終わるのでは、あまりにも惜しいと思う。それは沙絵がまだ、本当の意味での恋人とは言えないからかもしれない――。

そんなことを考えると、美樹に対する気持ちが強まって、ますます執着していく自分を感じるのだった。

「とりあえず岡部君が担当している店舗を、いくつか引き継いでもらおうと思ってるんだけど、いいかしら」

　さらに一週間後の月曜日、丈博が受け持つ店舗について美樹から内示があった。二年目に入ったというのに、これでようやく見習い期間が終わって正社員になれるような気分だった。

「その後も成績や情況を見ながら少しずつ増やしていくことになるから、しっかり頑張りなさい」

「はい、わかりました」

　美樹はそこで何かを考えるように、少し間を置いた。そして、丈博の今日の予定を尋ねてきた。ちょうど岡部の営業に同行する予定だったので、そのことを話すと、帰社後のことも訊かれた。

「特に予定はないです。日報を書くくらいですけど、時間があればアンケートのレポートの件でいろいろ調べたりとかもしますけど」

「じゃあ、六時にパークホテルまで来られるわね。いろいろ打ち合わせておきたいことがあるから、ラウンジで待ってるわ」

「あ、はい……」

　任される店舗についての打ち合わせだと予想はつくが、社内ではなくパークホテルのラウンジでというのは理由が判らなかった。もしかしたら、課長は別件でその付近に出向いているのかもしれないと思った。

「岡部さんもですか」

「いいえ。島崎君一人よ」

引き継ぎに関する話ではないのだろうかと思ったが、いずれにせよ六時にラウンジに行くしかないのだった。

丈博がその日の仕事を終えて、指示されたパークホテルに着いたのは、六時を十分ほど回った頃だった。結局、日報を書くのに時間がかかってしまったのだが、同行した岡部からの引き継ぎのことが頭にあったため、いつになく気合いを入れて書いたのがいけなかった。

ラウンジに着くと、美樹が先に気づいて立ち上がった。だが、そのまま腰を下ろすのではなく、バッグと伝票を手にしてカウンターに向かった。

丈博は時間に遅れたことがずっと引っかかっていたから、その時はラウンジを出てどこへ行くのかをあまり気にしていなかった。ただ、会社にいる時にバレッタで留めていた髪を下ろしていることは気づいていた。

「いらっしゃい。こっちよ」

美樹について行くと、フロントの奥にあるエレベーターに直行する。上層階にもっと手頃なラウンジがあるのかと思ったが、そういうことではなかった。到着したエレベーターに乗り込むと、美樹は〝客室〟と表示されているフロアのボタンを押したのだ。

——えっ!?

どういうことか訊こうと思ったが、乗っている客が多くて気後れしてしまった。美樹が押した階に着くと、降りたのは二人だけだった。そこでようやく彼女に尋ねた。

「どこに行くんですか？」

「黙ってついてくればいいの！」

美樹は怒気を含んだ声で言い、やや足早に歩いていく。横顔も怒っているように見えるので、とにかく従うしかなかった。彼女は突き当たりの部屋の前で立ち止まり、上着のポケットからカードキーを出して差し込んだ。

「入りなさい」

ドアを開けて促すので、丈博は訝りながらも部屋に入った。

おそらくデラックスツインとかいうのだろう、ダブルのベッドが二つ、ゆったりと配置された広い部屋で、補助ベッドになる大きなソファもあった。それでも丈博は、この部屋につれて来られた理由がまだ思いつかない。

戸惑いを隠せずに振り向くと、美樹が肩を上下させて大きく息を吐いた。息苦しさを治めるような仕種で、二、三度繰り返してからいきなり丈博に抱きついてきた。

「課長……」

思いもしない成り行きに、丈博は半ば茫然と立ち尽くしていた。だが、美樹の荒い息遣いを胸に感じると、何となく情況が呑み込めてくる。彼女の肌から感じるオリエンタル系の香水は、官能を刺激するスパイシーな香りで、会社ではついぞ嗅いだ記憶がなかった。いったんチェックインしてから使ったのは間違いない。

――ということは、つまり……。

悦楽の夜から一転して元の厳しい上司に戻ってしまったかに見えた美樹だが、あの時に見せた本性をただ抑えていたに過ぎなかったのかもしれない。

すると彼の推測を肯定するように、美樹のくちびるが丈博の頬に押し当てられた。そこから熱い息とともに移動して、丈博のくちびるに重なった。微かに感じる甘みがやけに懐かしく思えて、眩暈がしそうなほどだった。

美樹の背中に腕を回してしっかり抱きしめると、すぐに舌が入ってきて、迎えるように触れた丈博の舌にねっとり絡んだ。彼の息遣いも荒くなり、唾液と一緒に二人の息が混ざり合った。仄かに甘い美樹の口臭が、ペニスにじわっと響くようだ。

ふと美樹がくちびるを離し、丈博の目をジッと見つめてきた。こんな思い詰めたようにせつなげな表情は見たことがない。というより、山浦美樹がこういう表情をする女性だとは思ってもみなかった。淫らな本性だけでなく、さらに別の一面を見た気がして胸がわくわくする。

「……こういう女なのよ、わたしは」

彼の心を読むように言って、美樹は再びくちづけをした。そして、早くも膨らみはじめた股間にそっと手を伸ばし、手のひらですっぽり覆うようにして、ゆるゆると揉み回してきた。甘くむず痒い感覚がペニスから下腹全体へ拡がって、膨張が一気に加速した。

ねっとり絡ませてくる舌は、先日、丈博がディープキスをした時とはまったく別物のようだった。丈博もそれに負けじと応戦しかけたが、下手に動かさない方が気持ちいいと気づいて彼女に任せることにした。差し出したままにしておくと、彼の舌の付け根から先端まで、すべて舐め尽くそうというように、縦横無尽に動き回る。くちびるをすぼめて強く吸いながら、先端をちろちろ弾いたりもした。

股間に添えた手は、握ったり緩めたりを繰り返すだけになったが、その間隔というかタイミングが絶妙だった。ペニスはすっかり屹立して、すでに彼女の手のひらに余る状態だ。握る位置が幹の部分から先へ移動すると、ますます熱り立ってしまう。

「もう、こんなに硬くなってるわ……」

美樹がくちびるを離したかと思うと、口元に妖艶な笑みが浮かんだ。さきほどの思い詰めた表情から一変して、淫らな女が前面に出ている。その場にしゃがみ込んでズボンのベルトを外す動作には、何の躊躇いも感じられなかった。

ズボンがすとんと床に落ちると、美樹はワイシャツを捲り上げて、目の前に現れた逞しい隆起をうっとり見つめた。黒のボクサーパンツは引き締まって見える分、膨らみを際立たせるようだ。しかも薄めの生地なので、亀頭の形まで浮き出ている。

美樹はウエストのゴムに指をかけたが、すぐにめくり下ろすのがもったいないのか、そのままで鼻とくちびるを隆起に押しつけた。熱い吐息が布地を通り抜け、ペニスにしっとり降りかかった。

丈博はネクタイを毟るように解いて、シャツのボタンを全部外していった。気は急いてしまうが、美樹はまだ下着を脱がそうとはせず、上から舌で触れるだけだ。今度は丈博の方が焦らされる番なのだろうか。それならそれで焦らされてみようと思い、彼女の吐息と舌のぬくもりに気持ちを集中させた。

美樹はさらに姿勢を低くして肉茎から牡の玉に移動すると、口を大きく開いて片方をぱくっと含んでしまった。湿ったぬくもりの中で舌がゆるゆる蠢くと、何とも奇妙な感覚が股間から這い上がる。そもそも睾丸だけが温められるのは滅多にないことだし、舌の動きが実に妖しく感じられたのだ。

ペニスがひくっと脈を打って、盛り上がりの頂点にシミができた。薄い生地だからすぐに染み出てしまう。上目遣いになった美樹と視線が合うと、潤んだ瞳が落ち着きをなくして揺らめいた。この前とはすっかり逆で、彼女の方も自分を焦らし、昂ぶりを抑えきれなくなっているのだろう。

美樹は玉を含んだまま、パンツをゆっくりめくり下ろした。亀頭を露わにして、さらに幹を剝き出すと、瞳がいっそう光を帯びてきた。咥えていた玉を放すと、くちびるが肉の幹をゆっくりと這い上がってくる。

だが、軽く触れているだけで、くちびるの感触よりむしろ吐息の熱の方がはっきり伝わってくる。息遣いが荒くなっているので、よけいにそう感じるのだろう。

下着を足元までずり下げてしまうと、美樹は太腿から尻へと手を這わせ、割れ目の内側の際どいところを撫でてきた。細い指が肛門付近をかすめるたびに、尻肉がきゅっと締まり、ペニスが心地よさを知らせるように脈動する。先端から透明なぬめり液が丸くなって洩れ出たが、すぐに裏の筋を伝い落ちていった。

「もう……我慢できません。舐めてください」

「そんなにペロペロしてほしいの。しょうがない子ねえ」

仕方なさそうに言いながらも、好きなオモチャを与えられた子供のように目が輝いている。最初に舌で触れる時こそ、もったいぶった様子だったが、いったん触れてしまうと根元から亀頭までねっとり舐め上げていった。

「ああ、気持ちいいです……課長にフェラしてもらうなんて、もう最高です」

言った途端に強い鼻息が亀頭を包み込んだ。〝課長〟か〝フェラ〟かは判らないが、丈博の言葉に反応したのは間違いない。いっそう熱の籠もった舐め方になって、雁首と裏筋を盛んに嬲り回してくる。

「……んんんっ、そんなにされたら、すぐ出ちゃいますよ。ちょっと待って……」

「そんなこと言っても、どうせすぐ元気になるんでしょ。一度出してしまった方がいいんじゃないの？」

慌てる丈博だったが、美樹はこともなげに言う。そして、弓の形で聳え立つ肉竿を握り、少し手前に倒してすっぽりと咥え込んだ。人妻課長のぬくもりが亀頭をじんわりと包み込み、下腹の奥をむず痒く疼かせた。

すぐに頭が上下して、心地よい摩擦感が生まれる。咥えられているのが亀頭の少し下までと浅く、スライドそのものは小幅なのに、舌の動きは思いのほか複雑だ。左右の小刻みな動きで敏感な裏筋を擦ったかと思うと、急に縦の速い動きに変わったりする。首の動きと合わせてだから摩擦感が倍増するし、同時に肉茎をしごかれるのでさらに心地よかった。

ひとしきり裏筋を攻めてから、今度は亀頭を周回しはじめた。咥えがやや深くなって、雁首までねろりと舐め回される。さっきとは逆に、舌の裏側を使って亀頭の表を擦ったり、さらにはそこから先端の割れ目を通って裏筋まで縦断させたりもした。

丈博はじわじわと射精欲が湧き起こるのを感じると、肛門を引き締め、足の指に力を入れて堪えた。だが、そんなことでは時間は稼げそうになかった。

「もう、そろそろ出ます……出ちゃいますよ、課長……」

だが、美樹は舌使いを緩めるどころか、いっそう激しく動かした。首の振り方も速く、大きくなっていく。

快楽の波が抑えようもなく一気に高まった。丈博は呆けたように口を開いたまま、襲い来る甘美な衝撃をまともに受けとめた。肉竿の強い撓りとともに、立て続けに牡の追撃弾が美樹の喉を撃った。

美樹はしごく手をさらに速め、一滴も洩らさずに口で受けた。やがて脈動が治まってくると、最後の一搾りといった感じで根元から強くしごききった。

丈博はゆっくりと深い呼吸を繰り返して、快楽の余韻に浸った。美樹も荒い息を整えながら、しばらくはペニスを咥えたままでいた。やがて、くちびるを締めて慎重に口から抜き出すと、口内に溜まった精液を零さないよう、紅潮した頬をやや上に向けた。

沙絵が呑んでくれたのだから、美樹も当然と思ったが、そうではなかった。ティッシュをさがして何枚か抜き取り、どろどろっと吐き出していく。唾液と混じってたっぷり小泡を含んだ白濁液は、糸を引いてなかなか切れない。ようやく吐ききると、美樹はティッシュを広げたままにして見入っている。

「呑んでくれないんですか」

不満そうに言ったつもりはなかったが、美樹は白い液体が付着したくちびるを意味ありげに緩ませた。

「別に呑むのが嫌なわけじゃないのよ。こうやってドロッて吐き出して眺めてると、こんなものを口の中に撒き散らされたんだって思って昂奮するの。この匂いも生臭くて好きだわ」

そう言って、濡れたティッシュを鼻先にかざした。丈博は妙なことを言うと思ったが、美樹にはそういう性癖があるのだと理解した。積極的にペニスをしゃぶり、搾り取るように射精させたとしても、きっと彼女は〝撒き散らされた〟と感じることでさらに昂ぶりを増幅させるのだろう。

山浦美樹という女は、いったいどれだけ奥が深いのだろう。丈博はそんなことを考えながら、すっかりはだけさせたワイシャツを脱いだ。そして、足元に絡まったパンツを抜き取ると、最後の靴と靴下を脱いで素っ裸になった。

それを見て美樹は、ようやくティッシュを丸めて屑入れに捨てた。丈博がベッドカバーごと掛け布団をめくって床に放ると、上着を脱いで隣りのベッドに置いてから、真っさらのシーツの上に腰を下ろした。

さきほどの昂奮も治まって、やけに落ち着き払った様子でシャツのボタンを外していく。これまでに何度も不倫の逢い引きを繰り返してきたような雰囲気さえ漂わせ、丈博の胸をざわつかせた。それであらためて、彼女が夫とどういう状態にあるのかが気になるのだった。

「旦那さんが一時帰国されたって聞きましたけど、もう向こうに戻られたんですか」

美樹の隣りに腰を下ろし、シャツを脱ぐのを邪魔するみたいに、背中から腕を回して抱きついた。仕種だけはもうすっかり恋人になったようなものだ。彼女は特に邪険にすることもなくボタンを外していく。

「昨日、発ったわよ。どうしてそんなこと訊くの」

「だって、旦那さんと久しぶりにたっぷり愉しんだんでしょ。それなのに、もう今日はこんなことしてる。課長って、そこまでエッチが好きなんだなあって……」

話している途中で美樹の手が止まり、少し考え込むそぶりを見せたかと思うと、すぐにまた動きだした。

「夫はね、とても淡泊な人だから、久しぶりだからって、特別なことはないのよ。アメリカに行く前から……」

手首のボタンまで外し終えると、美樹はまた黙り込んでしまった。今度はすぐに喋りだす気配もない。丈博ははだけたシャツの上から、両方のバストを包み込んだ。拒まれることはないと判っているので、摑んだりはせずに軽く触れただけだったが、なぜか美樹は息を喘がせている。

「だめなのよ、わたし……夫の前では……」

「前では、どうだっていうんです？」

美樹はそれには答えず、スカートのフックを外してジッパーを下げた。答えはしないものの、脱いでしまうつもりではいるので、丈博はいったん腕を離して待つことにした。

シャツもスカートも脱いでしまうと、美樹はペアのパンティとブラジャーだけを残して、ベッドに横たわった。丈博は後を追うように覆い被さって、波を打つバストを摑み、揉みあやした。

淡い水色のブラジャーはカップが半分ほどしかなく、上半分くらいが薄いレースになっている。その部分はほとんど生の乳房に触っているようだし、カップ自体も薄いので、柔らかな肉の感触がよく伝わってくる。前にバストを摑んだ時はジャケットの上からだったが、今日のブラよりずいぶんしっかりした感じだったと記憶している。

パンティもセクシーなもので、生地はこの前ほど薄いわけではないが、フロントに割と大きめのレースの窓があって、その部分はくっきりヘアが透けている。

——こういうのを選んでくれたわけか……。きっと、朝からずっとその気でいて、会社でも密かに昂奮しまくってたんじゃないか。

乳首の位置をさぐるように揉みしだいていくと、美樹はくちびるを少し開いて喘ぎはじめた。やるせない感じで首を振るのも、気持ちよくてじっとしていられないからだろう。相変わらず感度が良いので揉み甲斐がある。

ほどなくカップの下に痼《しこ》った粒を感じるようになった。そこを指先でくりくり擦ると、美樹はきゅっと身を縮め、口の開きを大きくして深い息を洩らした。

「で、旦那さんの前では、どうですって？」

ブラの上から乳首を擦ったり、摘んで揉み回したりして攻め続けると、美樹の吐息のような喘ぎが鼻にかかった声に変わった。

「ああっ……だめなのよ、わたし……いやらしいこと、できないの……」

「えっ!? どういうことですか、それ……」

意外な答えに思わず丈博の手が止まってしまった。美樹は恥ずかしそうに彼を見たが、正直に話す覚悟はすでにできていたようで、一つ深呼吸してから話しはじめた。

「夫はすごく淡泊で、通り一遍のセックスしかしない人なのよ。若い時からそう。わたしはもっといろいろしてほしくて、こっちから仕掛けたりもしたんだけど、危うく変態扱いされかかってから諦めたわ」

丈博は見たこともない美樹の夫のことを、いったいどういう男なのだと不思議に思った。こんなに綺麗でプロポーション抜群の妻を持ちながら、ありきたりのセックスしかしない男がいるなんて信じられない。結婚してしばらく経ってマンネリというなら判らないでもないが、訊けば結婚前からそうだという。

前に丈博は、美樹の淫猥なところを彼女の夫と共有したように感じたが、それはとんだ思い違いだったわけだ。美樹がどれだけ淫らな女であるか、社員はおろか、夫でさえ気づいていないのだと思うと、この上もなく優越感を覚えるのだった。

「だけど、わたしは全然物足りなくて……でも、男の人と違って外で遊ぶわけにもいかないでしょ」

美樹に拗《す》ねるような目を向けられて、丈博は胸をきゅっと締めつけられるような感動を覚えた。社内で注目を浴びているクールビューティーが、こんなまなざしを向ける男は自分一人しかいないのだ。

しかし、ただ浮かれているだけではなく、つい意地悪を言ってみたくなる。彼女の内面を知っていればこそだった。

「逆を言えば、外で遊べるものなら遊びたいと思ってたわけですね」

言いながら唐突にバストを揉みしだくと、美樹は眉間に皺を寄せて非難がましい目になった。

「でも、浮気なんてしたことはないのよ。……これまでは」

丈博はうれしさのあまり、つい荒々しく揉み回してしまったが、美樹はそれがかえって感じるらしく、首を仰け反らせて身悶えた。

「それで、痴漢に触られるのが唯一の捌け口だったと？　指を入れやすいストッキングを穿いて電車に乗るのは、そういうわけだったんですか」

美樹は激しく首を振ることで、逆に彼の言ったことを認めたようだ。体をくねらせて背中を浮かせたので、丈博はすかさず体を起こし、ブラジャーのフックを摘んで外しにかかった。すると彼女はそのままの姿勢を保ち、丈博が片手で何とかフックを外すのを待ってくれた。

ブラから解放された乳房は、沙絵の豊満さには敵わないものの、プリンを連想させるように揺れて、見るからに柔らかそうだ。仰向けでもあまり形を崩すことなく、淡い褐色の乳首がわずかに外に流れる程度のようだった。

丈博はその尖った乳首を摘んでくりくり揉み回した。途端に美樹が身をくねらせ、指から離れてしまったので、今度は逃がさないように乳房を摑んで人差し指を乳首に当ててみた。それで転がしたり弾いたりすると、髪を振り乱して悶えるのだった。

それでも体のくねりはさっきより少なくなった。乳房を押さえているからというより、快感をしっかり受けとめようと、意識的に動きを抑えているように見える。その分、小さな痙攣を起こしたみたいに体がひくっと震える。

丈博は屈み込んで、もう一方の乳首を口に含んだ。こりこりした肉粒が舌に当たり、ねろっと舐めるとわずかに傾いて元に戻った。

「だめなのよ、わたし……すごくしてほしくなる時があって、そうなるともう抑えが利かなくなっちゃうの……ああん、いいわ、もっと……」

「もしかして、先週、旦那さんが帰ってた時から、ずっと抑えが利かなかったんじゃないですか」

いったん口を離して、硬く尖った乳首を眺めながら焦らすように言った。唾液に濡れた突起が、微かに揺れて口戯をせがんでいる。

「あなたって、なんてイジワルなの」

美樹は詰るように言うが、その声にはどこかうれしそうな響きが籠もっていた。丈博は〝島崎君〟が〝あなた〟になったことで、思わず快哉を叫びたくなった。だが、自分はあくまでも部下で通そうと思う。

「本当にいやらしいんですね、山浦課長って」

もう一度乳首に吸いついて、今度は軽く歯を立ててみた。やんわり咬んで反応を窺ったのは、学生の時に強く咬んでしまって気まずい思いをしたことがあるからだ。ところが、美樹にはそんな気遣いなど無用だった。

「もっと強く咬んで……もっとよ、もっと……ああ、そう……いいわっ」

思った以上に強い愛咬を望んでいるのに驚きながらも、どんどん強めていった。千切れてしまわないかと心配になるくらいがちょうどいいようで、強く歯を立てたまま、舌で擦るのも彼女は悦んだ。

乳房を摑んでいた手を這い下ろして、セクシーなレースの窓を越えてさらに下へ進めていく。美樹が太腿を閉じたが、谷の奥まで難なく到達すると、秘めやかな肉を覆う布地が湿っていた。

「すごいですね。こんなに染みてますよ、ほら……」

「いやっ……！」

指先で押さえ込むとさらにじわりと滲み出て、クロッチの広範囲に拡がる感じがした。美樹はすっかり顔を背けているが、頰は散ってしまった桜を思い出させるように染まっていた。

丈博は再び体を起こし、翳りを映したパンティに指をかけた。そのまま美樹の脚の方に回りながら引き下ろし、黒々とした秘毛を露わにさせる。さらに剝き下ろしていくと、めくれたクロッチ部分に淫蜜がべっとり付着していた。

——すぐにでもハメられるくらい、びしょびしょなんじゃないか？

早くも美樹の準備は整っていそうで、彼の方もいったん萎みかけたペニスがすでに勃起している。美樹に見せつけてやりたいが、彼女は依然、顔を背けたままだった。

パンティを脚から抜き取ると、遠慮なく大股開きの恥ずかしいポーズを取らせた。今日は最初から力を抜いて、されるがままに恥態を晒す美樹は、充血した淫花をぱっくり開き、涎のように花蜜を滴らせている。思った通り、いつでも挿入ＯＫという状態だ。

丈博はこのまま一気に貫きたかったが、美樹がこうして自分をさらけ出してくれたのだから、もう少し引き延ばしてみようと考えた。それは彼女にやってほしいことがあるからだった。

「課長、ちょっとお願いしたいことがあるんですけど」

両脚を広げたまま頭を起こした美樹は、彼の顔も見ないで逞しい肉竿にだけ目を向けた。そして、物欲しそうにジッと見つめている。

「お願い？」

「ええ。ぼくの体を舐めてもらえませんか。さっきしゃぶってもらった所は最後でいいですから、とにかく隅々までよろしくお願いします」

美樹はやや怪訝な表情を見せたものの、それはほんの一瞬で、すぐに心得たとばかりに口元を緩めた。

「じゃあ、仰向けに寝てみて」

丈博が横たわるのと入れ替わりに体を起こした美樹は、未練がましくペニスに目をやってから、彼の胸に覆い被さった。そして、首筋をちろっと遠慮がちに舐めたかと思うと、猫のようにぺろぺろと舐めはじめた。さらに鎖骨から肩へ行き、胸へ戻って乳首を含んだ。

さっきのお返しのように小さな突起に歯を立てると、しばらく舌と歯で攻め立ててから、右の二の腕に移った。肘から手首を経て、指は一本ずつ丁寧に口に含み、最後は人差し指と中指をまとめて、フェラチオを擬して舐めしゃぶった。

それから腹部に戻ってゆっくり下半身へ移動していくが、舐め方は沙絵とはまったく違っていた。沙絵の場合は軽く触れるというか、触感で気持ちよくさせようとしていたのに対して、美樹は肌に付着した汗や垢まで舐め取ろうとするかのようだ。丈博が舐めてほしいと頼んだ真の狙いは、不潔な足の指を舐めてもらうことだが、美樹はまさにうってつけの舐め方で爪先へと向かっていた。

そして、太腿から脹ら脛のあたりは比較的速く進み、足首にかかると急にスローダウンして念入りに舌を使いだした。どうやら彼女は、丈博がやってほしいことをきちんと理解していて、それで心得たような表情になったのかもしれない。

実際に美樹は足の甲から指へ進むのにたっぷり時間をかけてくれた。本当に指と指の間の汚れを舌で掻き取るように舐め尽くし、ようやく指まで到達すると、広げて一本ずつしゃぶってくれたのだ。

——ホントに舐めてるよ。こんな汚れた所を、一所懸命舐めてる。マジで汚いはずなのに……。

自分でお願いしておきながら、その通りにしてもらって驚くのも妙なことだが、そんな気持ちが顔に出てしまったのか、美樹が舐めながら愉しそうに笑った。

「どうしたの、そんな不思議そうな顔をして」

「いえ、別に……なんでもありません」

美樹は艶っぽい微笑を浮かべると、親指に舌を伸ばした。咥えるのではなく、丁寧に舐め回していくが、亀頭に見立てていることは、舌使いを見れば一目瞭然だった。最初は爪先がこそばゆく感じていたのが、舐められているうちにいつの間にか心地よくなってくる。

丈博は沙絵に代わって、今度は美樹に奉仕させている気分に浸ろうとした。するとやはり、会社内でやらせている場面が脳裡に浮かんでくる。現実にそんなことができたらどれほど昂奮するだろうと、つい妄想を膨らませてしまうのだった。

「これでいいのかしら？」

美樹は左右の足の指を舐め尽くすと、確認するように尋ねた。目的を果たした丈博が満足げに頷くと、彼女は意味深長な笑みを洩らした。

「でも、まだ舐めてない所があるんじゃないかしら」

「まだ舐めてないって……」

どこだろうと丈博が考えるのもお構いなく、美樹は舐め終わった両脚を持ち上げて、彼の胸の方へ折り曲げていった。赤ん坊のオムツを替えるような体勢で、丈博は目の前に自身の肉竿を突きつけられる恰好になった。最後にと言っておいたからペニスを舐めるのだろうと思い、とりあえず恥ずかしさを堪えようと思った。

ところが、美樹の舌が降りてきたのはペニスではなく、もっと下の本当に恥ずかしいすぼまりだった。

「あっ！」

思わず声を上げてしまい、肛門が勝手にきゅっと引き締まった。何とも言い難い感覚に意表を衝かれたのだ。他人に触られたことすらない穴を舐められるのは、くすぐったくもあり、心地よくもあるのだが、足の指以上に汚いという意識が強烈に羞恥を沸き立たせる。

だが、美樹は彼の反応など関係なさそうに、肛門を熱心に舐め上げていった。舌先を尖らせて、皺一本一本の間の汚れまで掻き取ろうとしているようだ。丈博は下半身の力が一気に抜けていく感じがした。

「そこは、汚いですよ。そんな所はいいですから……もう、それくらいでいいですから……ああっ、課長……」

叫ぶ丈博を無視して、美樹の舌が活発にアヌス皺を擦った。丈博はいたたまれなくなって脚を振り下ろそうかと思ったが、そのままにしておけと囁くもう一人の自分がいた。羞恥を堪えることから新しい快感が得られるのだと、自然に身についた教えに従えということだ。

丈博は尻の肉をひくひく震わせながら、恥ずかしいポーズを続けた。美樹は片手を尻に添えて、親指でぐいっと皺を広げた。すぼまりの内側のより軟らかな粘膜までが空気に晒され、そこを舐められると、まるで魂を吸い取られるような心許ない気分になる。急所というのは、むしろこんな箇所を指す方が適当かもしれない。

恥ずかしさと心地よさが綯《な》い交ぜになって、仰向けの腰がくねってしまう。オムツ替えのポーズを保つのが難しくなり、丈博はとうとう脚を降ろしてしまった。

すると美樹は、約束していたペニスにようやく舌を這わせてきた。嚢皮から竿の部分をゆっくりと這い上がり、雁首を丁寧に舐め擦っていく。

「お尻の穴、舐めてもらったことなかったのね。でも、気持ちよかったでしょ、こんなにお汁垂らしてるんだもの」

そう言って竿を握ると、少し浮かせて下腹に溜まった喜悦の滴りを舐め取った。ずっと気持ちいい状態が続いていたから、かなりの量が洩れていて、それを舌先で掬って亀頭に塗りつけていくのだ。

「本当に硬くて立派だわね。こういうのを知ってしまったら、もうだめね」

美樹は握った肉竿の硬さを確かめながら、独り言のように呟いた。夫のペニスと比較したのだろうか。いや、必ずしもそうではないだろう——。

いままで浮気はしていないと言ったのは嘘ではなさそうだが、いろいろやってほしくて彼女の方から夫に仕掛けてみたことがあるというくらいだから、結婚前にはそれ相応の性体験を積んでいるはずだ。丈博が受けた巧みな性戯からもそれは明らかだ。そんな彼女に立派だと言われたのだから、これほどうれしいことはない。

「だめってどういう意味ですか」

判りきったことでも、美樹の口から具体的に聞いてみたかった。だが、彼女は人差し指をぴんと伸ばし、焦らすようにただ雁首のエラをなぞるだけで何も言わない。そのうちにまたぬめり液が洩れると、それを指で亀頭全体に塗り伸ばし、敏感な裏の筋にも擦りつけていった。

「ううっ……」

思わず呻いてしまい、ペニスがしっとりした手の中で強く撓った。すると美樹は、そのペニスに向かって話しかけるように呟いた。

「なんだか病み付きになりそうよ。仕事中に欲しくて堪らなくなったりしたら、どうしようかしらね」

またも艶めいた笑みを浮かべ、美樹はゆっくりと体を起こした。そして、弓反りの肉竿をさらに上に向けながら、それを跨いだ。騎乗位で合体しようと、あてがった淫裂で亀頭の位置を確かめ、慎重に腰を沈めてきた。

亀頭が温かなぬめりに包まれて入口を通過すると、美樹は白い喉を見せて深く息を吐いた。ゆっくり奥まで入っていく間に、すでにもう内壁が蠢動を見せはじめた。まるで再会を歓んでいるかのように、あちこちがひくひく蠢くのだ。これが沙絵とは違う、彼女ならではの緊縮感だった。

「……動いてますよ。中がひくひく動いて気持ちいいです。あっ、ほらまた……！」

うれしさのあまり、つい口走ってしまった。

美樹は奥まで迎え入れたところで動きを止めた。見下ろす彼女と視線がぶつかり、しばらく見つめ合っていると、肉壺がペニス全体を引っ張り上げるように強く収縮した。美樹の口元がふっと緩んで、さらに何度かひくっ、ひくっと短い間隔で蠕動《ぜんどう》が起きた。

——自分でやってるんだ！

彼女の表情でそれが判った。丈博は感度の良い彼女の肉体の自然な反応と思っていたが、意識的に締めつけることもできると知って驚いた。

そこで彼は、美樹に応えてやろうと思い、肛門を締めてペニスをぴくんと動かしてみた。その意志はきちんと伝わったようで、彼女は蕩けるように笑みを返すと、ペニスをきゅっと締めつけたまま、腰を動かしはじめた。

何度か上下に軽く動き、それから臼を挽くように腰で円を描いた。すると怒張した肉棒は、擂《す》り粉木《こぎ》さながらに肉壺を攪拌《かくはん》する動きになる。摩擦の方向が変わって新鮮な感覚を味わえた。

美樹が深く迎え入れているため、恥骨を押しつけ合う状態になり、性毛が擦れるじょりじょり感が何とも卑猥だ。直線的な抽送と違って、二人で擦り合っている感じが強いのだ。彼女も同じことを意識しているのか、円を大きく描いたり小さくしたり、さらには前後の動きを交えたりもするので、擦れ方が複雑に変化した。

彼女に任せきりになるのではなく、丈博も下から突き上げてみた。すると亀頭の動きも多彩になって、肉壷を攪拌したり抉ったりが不規則に変化した。それにつれて快楽の波が急に大きくなったり、あるいは治まったりを繰り返した。

「気持ちいいわ……なんていいのかしら……ああ、たまらないわ。やっぱり病み付きになりそうよ……ああ、いい……」

「ぼ、ぼくもです……ああっ、こんなの初めてです……ううっ……」

不意に美樹が結合を浅くして、また腰で円を描いた。亀頭だけが軟らかな肉に締めつけられ、ぐりぐり揉み回されるのだが、こんなふうに回転する摩擦感は今まで経験したことがなかったし、肉竿自体も振り回されている。

「もう……そろそろ出そうですけど……」

「いいのよ……遠慮なく、いっぱい出してちょうだい。このままイッていいのよ……ああ、いいのよ……」

美樹は腰を沈めてペニスを深く咥え込んだ。そして、前屈みになって恥骨を強く押しつけながら、腰をぐいぐい前後に揺すりはじめた。丈博はまるで母親がオッパイを与えてくれるようだと感じて、思わず手を伸ばしていた。柔媚な感触を両手で味わい、夢中になって揉みしだいた。

快感の高まりとともに、丈博は無意識に腰を迫り上げていた。それが美樹の腰使いを助長することになり、上昇感が急に加速を始めた。

「いいわ……ああ、いいわ……イッちゃいそうよ……あああっ……」

美樹は乳房を彼に預けたまま、腰だけをくいくい振りまくった。その熟練の腰使いは猥褻感たっぷりで、陶然とした表情とどちらに目をやればいいか迷ってしまう。

「イキますよ……ああ、もう出ます……!」

「いいわ……来て来て、いっぱい出して……中にいっぱいちょうだい……あああっ、イイーッ!」

美樹の甲高い叫びとともに、媚肉がひときわ強く収縮した。丈博がずんっ、ずんっ、ずんっと腰を突き上げると、怒張が何度も雄々しく脈を打ち、牡の精が彼女の中に勢いよく放たれた。迸るような噴出だった。

快楽は長く余韻を引いて、丈博はそのたゆたうような心地よさを存分に味わった。ペニスは何度か揺り戻しの締めつけを受けたが、それもしだい間遠になっていった。ぐったり倒れ込んできた美樹を抱き留めると、不意に訪れた静寂に耳をすました。ドアの外を微かな足音が通り過ぎていく。

「外に声が洩れたかしら」

「かもしれませんね」

耳元で囁く美樹に、同じように囁き返した。すると彼女は、くすっと悪戯っぽく笑って耳にくちづけをした。

それからしばらくすると、美樹がむっくり起き上がった。そして、またもや腰を円く揺らしはじめ、少し柔らかくなりかけていたペニスが、むずっと息を吹き返した。

それを感じ取ったのか、美樹の腰の動きがしだいに大きくなっていった。

第六章　夜の重役応接室

「じゃあ、予定通り今日で終わるのね」

「はい。仮に多少残ったとしても、あとは神崎さんたちがいますから、問題ないと思います」

「そうね。じゃあ、あなたのレポートも愉しみにしてるわね」

アンケート結果の入力作業がようやく終わろうとしていた。始めてからちょうど三週間、沙絵たち臨時の派遣社員は今日が最後になる。彼女とは会社の帰りに食事をする約束になっていて、その後はもちろんどちらかの部屋に行って、朝まで一緒ということになる。

月曜の夜、パークホテルで美樹と何度も愛を交わしたというのに、今日の丈博は沙絵とのことしか頭になかった。美樹とより深い関係になってもなお、沙絵を切り捨てることはできないのだ。

彼女が派遣社員としてずっと勤務するなら問題だろうが、臨時の仕事は今日で終わり、沙絵が会社に来ることはもうないのだから、ずっと関係を続けても何ら支障はない。唯一、懸念されるのは、休日に電車内で鉢合わせになることとくらいだ。それさえも情況によっては問題ないどころか、むしろスリルを味わえるかもしれない。そんな都合の良いことばかりを考えていた。

「じゃあ、今日のアイマートの件、先方に十五時だけど、よろしくね」

「はい。わかりました」

丈博はいつもの平社員の顔で課長席を離れた。

アイマートは三課が受け持っている中でも重要な位置にある量販店だ。各店舗を三名の社員でフォローしているが、新規に出店を予定しているため、本部を受け持つ一課の担当者と山浦課長自身が共同でその交渉に当たっている。

丈博は今日、そのアイマート本部での打ち合わせに同行を求められていて、彼の予想では、開店後、軌道に乗ってから担当を任される可能性が高そうだ。それはともかく、美樹に同行するのは久しぶりなので愉しみだった。

ところが、打ち合わせに出向いたのは一課の矢木沢《やぎさわ》課長と担当の槇田《まきた》を含めた四人だったので、美樹と一緒だからといって、いつもの営業活動と違う何かを期待するわけにもいかなかった。

しかも、同行するように言われたのが一昨日で、もらった資料すべてに目を通す時間がなかった。美樹もその点は珍しく寛容だったが、とにかく話し合っている内容を聞き逃さないよう、しっかりメモを取るだけで精一杯だった。

当然のことながら、打ち合わせはこれまでの経過を前提として進められたので、丈博にはどうしても意味不明の部分が出てきてしまう。そうしたことも判らないなりに洩らさず書き留めておくしかなかったのだ。

「ところで、新規店のCGパースをお見せしてなかったですけど、参考までにご覧いただきましょう。プレゼンの時のものを、計画に沿って作り直してもらったのがありますから。ちょっと別の部屋まで移動願いますが」

打ち合わせが一段落したところで、先方の担当課長、西牟田《にしむた》がそう言った。CGパースというのは、例えばマンションの外観予想図とか施設内部のイメージ図のように、完成予定の建物を図面から立体的に再現する際、コンピュータグラフィックを使って作成されたもののことだ。

売場の図面はすでにもらっていて、それで打ち合わせが進んでいるから、CGパース自体はあまり必要ないのだが、言葉通り単なる参考のためということなのだろう。

移動した部屋には窓がなく、前方のホワイトボードに向かって、細長い机と椅子のセットが幾つか並んでいた。小さな教室のような造りで、いちばん前の机の右寄りにプロジェクターが置かれていた。

「どうぞ、そのあたりにお座りください」

西牟田が前の方の中央に座るように言ったので、一課の矢木沢課長と槇田が最前列の真ん中に座り、美樹と丈博がその後ろ、二列目の中央に腰を下ろした。西牟田はプロジェクターを操作する部下のすぐ横に座った。

全員が席に着いたところで部下が照明を消すと、部屋は薄闇に包まれた。プロジェクターの光は前に向いているので、皆が座るあたりは暗がりになっている。そこに目を凝らせば見えてくるが、前方の明るい部分を見ていると、自分たちのいる場所はやけに暗く感じるのだ。

丈博の胸がにわかに騒ぎはじめた。右隣りに美樹が座っている、そのことが強く意識され、彼の嗅覚が電車で痴漢をした時と似たものを感じ取ったのだ。

間もなく新規店の外観パースが前方のホワイトボードに映し出され、西牟田がごく簡単に説明を加えていった。投影は外観から内部へと進み、全員がボードに見入っている。説明する西牟田も前方の画面と部下の方を交互に見るだけだ。

美樹も前を向いているが、彼の視線には気づいているようだった。それを確認すると、心拍数が上昇した。

丈博は意を決して、右手をそろりと伸ばして美樹の太腿に触れてみた。すると彼女は、すぐさまその手を払い除けた。彼が手を出してくるのが判っていたような素早さだった。それで丈博は、美樹も同じことを考えていたのだと確信した。それはつまり、この情況がいかにスリリングで昂奮させられるものか、彼女自身も気づいているということだ。

——そうと判れば、ここは強引に行くべきだな。何が何でも拒むってわけにはいかないし、こんな所で痴漢なんかされたら、きっと昂奮しまくりだろうからな。

徹底して拒み続け、もし音でも立てようものなら、不審に思われてしまう。美樹としても、そんなことは絶対避けたいはずだ。

画面が食品売場に切り替わると、説明が詳しくなった。絵柄は全体的なものから、加工食品から乳製品、生鮮食品、野菜といった個別の売場とその位置関係が判るものなど、いろいろと映し出された。

皆の意識が画面に集中したのを感じると、丈博はもう一度、太腿に手を伸ばした。また美樹が払おうとしたが、今度は彼も負けていない。力で押し返し、スカートの上から太腿を撫でていった。

今日は座ると表面が張ってしまうセミタイトなので、手触りそのものはあまり良くない。だが、何より取引先や自社の社員がいる所で、堂々と美樹の体に触っているのだ。この情況に昂奮しないわけがなかった。

それは美樹も同じはずだから、おそらく発覚する恐れと懸命に闘っているのだろう。丈博は平静を装う美樹の横顔を見やりながら、なおも太腿を触り続けた。もちろん、前列の四人に気を配りながらだが、投影画面から視線をずらしているので、暗がりでも彼らの様子は手に取るようだ。

「図面と違って、こういう画面で見ると、お客さんの目線がよく判りますでしょう。ほら、この角度でも特売のワゴンがよく見えますから、集客に一役買うのは間違いないと思いますすね」

「ああ、なるほどね。確かにそうですすね」

矢木沢も槇田も説明に耳を傾け、すっかりボードに見入っている。西牟田も説明に一所懸命だから、こちらを振り向きそうな気配もない。それで丈博は、思いきって美樹のジャケットの裾に手を入れてみた。正面を向いたまま彼女の方に体を寄せ、大胆にもバストを狙って左手を差し入れたのだ。

美樹は慌てて脇を締めた。だが、彼が強引に手を這い進めるのを阻むことはできなかった。丈博はシャツ一枚を隔てた肌の感触を味わいながら、さらに上を目指した。と、指先がブラジャーのワイヤーに触れた。その瞬間、またも心拍数が上がり、もう引き返せないところまで来ていることを自覚した。

手を入れている裾の部分は机に隠れているが、見えているバストの下のあたりが不自然に盛り上がっている。もっと上に手を伸ばすと、さらに妙な膨らみになってしまいそうだ。

そこで丈博は、肩が接するほど美樹の方に寄り、机に右肘を載せて頬杖をついた。そうすることで、左手を思いきり差し入れてもカムフラージュできるようになった。美樹もそのことに気づいて警戒心を弱めたのだろう、締めていた脇が甘くなった。

丈博はチャンスとばかりにバストを捕らえた。柔らかな膨らみを、下から押すようにやわやわと揉んでみた。体勢的に楽ではないのであまり力は入らないが、羞恥を煽るには充分と言える手つきだった。

美樹の表情を横目で窺うと、くちびるを引き結んで懸命に耐えている様子だった。それでいて脇はさらに緩くなっているのだから、この情況を受け容れている証拠に他ならない。

丈博はバストの感触を味わい尽くせる体勢ではないと見極め、美樹を恥ずかしがらせることに気持ちを傾けた。揉むのをやめて、ブラの上から乳首をさぐってみたのだ。だいたいこのあたりかと記憶を手繰って位置をさぐると、一瞬、彼女が体を震わせた。

「……！」

美樹は声を殺して口を喘がせた。なおも指先でくりくり擦り続けると、上体が戦慄くのを必死に抑えている。さすがに脇は締めてきたが、すでに乳首を捉えてしまった以上、あまり意味をなさなかった。

――そうそう。そうやって必死に声を殺してくださいよ。

絶対に声を洩らせないと判っているから、とても嬲り甲斐がある。丈博は愉悦に浸りながら、しだいに硬く大きくなっていく突起を、ブラジャー越しに攻め続けた。

「あっ……」

すると突然、美樹のくちびるから小さな声が洩れた。担当課長の西牟田が気づいて振り向いたので、丈博は背中に冷たいものを浴びたように固まり、潜り込ませている手をぴたりと静止させた。すぐ前に座る矢木沢は、振り返りこそしないものの、後ろを気にして顔をわずかに傾けた。

「あの、そこのバックヤードの扉の両側は、どうなさるおつもりです？」

「ああ、その棚はどうするか、まだ決まらなくてね。なにか良い案でもあれば、提案していただけると助かります」

美樹が咄嗟に質問をして、振り向いた西牟田がそれに答えた。こんなことをされながらも、前方の画面をきちんと見ていたあたりはさすが山浦課長と言うべきだろう。おかげでバストの下の奇妙な盛り上がりも気づかれずにすんだ。

西牟田が前に向き直ると、美樹は画面に注意を向けさせるような質問を幾つか続けた。西牟田がそれに答えている間、丈博は再びバストの突起を擦ったり弾いたり、好きに嬲り続けた。

美樹は機転を利かせて難を逃れただけでなく、皆の意識を前に向けておくべく自ら囮役を買って出たわけだ。もしかしたら、このスリリングな情況を愉しんでいるのは、丈博よりむしろ美樹の方かもしれない。

——それならもっと愉しませてやろうか。

丈博はそう考えて、彼女のジャケットから手を引き抜いた。代わりに今度は、右の手をスカートの上に置いた。といっても、さっきのように太腿を撫でるのではなく、裾を摑んで引っ張ったのだ。

わずかにずり上がった裾から手を入れて、脚の内側を撫でさすると、美樹は彼がバストから手を離して発覚の恐れが弱まったせいか、さらに協力的になった。真っ直ぐ前を向いたまま、脚を少し丈博の方に向けてくれたのだ。

それで丈博は勢いづいて、さらに大胆な行動に出た。遠慮なく両手でスカートの裾をずり上げたのだ。机は前列の椅子の背凭れと一体なので、胸元から下は完全に隠れている。だから美樹も腰を浮かせてくれ、太腿が付け根のあたりまで剝き出しになった。

薄闇の中で露わになった美樹の太腿は、悩ましくも艶めいて牡の本能を刺激した。その間に手を忍ばせると、ストッキングに包まれた内腿の柔らかさは、目も眩むほど官能的だった。そろりそろりと撫で回し、柔媚な肉感を堪能しながら太腿の合わせ目に迫っていく。だが、秘めやかな部分に触れそうで触れないまま、たっぷりと時間をかけた。

そうしているうちに、美樹のくちびるを微かに開いて、吐息だけで喘ぎはじめた。机の上で手を組んでいるが、落ち着きをなくして指をしきりに動かしている。机の下では両脚の隙間が少しずつ広がり、丈博の手の動きを自由にしていった。

そんな美樹を後目にさんざ焦らし続けてから、ようやく秘丘の円みに指を触れさせた。最初は小指一本だけで、そこからしだいに大胆な触り方をしていった。やがて手のひらをぺたっと秘丘に沿わせると、中指でその奥をさぐりにかかった。

——まさか、机の下でこんなことやってるなんて、思いもしないだろうな。

丈博は四人の後頭部を眺めながら、電車の時よりもっと大胆に触り続けた。美樹はきちんと正面を向いたまま、腰から下はもうすっかり彼の方に向けている。それどころか、もっと触ってほしそうに尻を浮かせ気味にしているのだ。

おかげでアヌス付近まで指が届き、存分にいじり回すことができた。ストッキングを穿いているせいか、強めにするくらいでちょうどいいらしく、つい荒っぽい手つきになってしまう。だが、それがよけいに猥褻感を醸し、共犯意識をも高めてくれるのだった。

「……というわけで、これが最後ですね。どうも、お疲れ様でした」

そうこうしているうちに、パースの投影がすべて終わった。西牟田の言葉で部下が立ち上がり、照明を点けに行った。丈博はすぐに手を引っ込め、美樹も素早く裾を整えた。そして、部屋が明るくなった時には、二人ともきちんと座り直して、何事もなかったように平然としていた。美樹の頬が微かに染まっていたが、それは誰にも気づかれなかった。

アイマートの本部から二人が社に戻ったのは、終業時刻が近づいた頃だった。三課は直帰する者が数人いて、オフィスに残っている人はだいたい日報の作成を終え、そろそろ帰り支度をしようかという雰囲気になっていた。隣りの二課も含め、残業になるらしい何人かは、対照的に忙しそうにしていた。

「どうもお疲れ様でした」

「お疲れ様。じゃあ、打ち合わせの内容を整理して、不明な点があったら何でも訊きになさい」

「はい。わかりました」

見た目は普段の上司と部下に戻っていたが、丈博も美樹も出先で密かに猥褻行為を愉しんだ余韻が燻っていた。

美樹は帰りの電車で、矢木沢たちとは普通に話していたが、丈博とは視線を合わせようとしなかった。それが羞じらいによるものと判っているので、丈博も暗がりで仕掛けた行為が頭から離れず、昂ぶりがいつまでも尾を引いていた。

社に戻ってからも、特に三課の社員の前ではいつもと変わらない態度で通さなければならないので、もやもやと燻る気分をよけいに意識する結果になった。

しかし、丈博はこれからまだ仕事が残っている。日報を書く必要はないが、打ち合わせの内容を整理するので残業になってしまう。美樹のことで夢中になっていた時は忘れていたが、沙絵との食事の約束を少しずらすことになるので、メールをしようと思って携帯電話を取り出した。

だが、アンケートの集計データを受け取りに行って、今日で派遣を終える彼女たちに挨拶をしなければならないのだから、時間をずらすことも沙絵に直接言えばいいと思って携帯をしまった。

「集計作業が今日で終わりなんで、ちょっと行ってきます」

美樹にそう言って、丈博は作業の部屋に向かった。下腹にもやもやと燻りを残したまま、これから沙絵と顔を合わせるのだが、二人のどちらに対しても後ろめたい気持ちはなく、むしろ両者の間で巧妙に立ち回っているような痛快な気分になるのだった。

「どうですか、予定通り終わりました？」

丈博が作業室に行くと、全員が立ち上がって畏《かしこ》まった礼をした。すでに予定していた分を終えて、彼が来るのを待っていたようだ。チラッと沙絵を見ると、彼女もあらたまった表情をしている。今夜の食事とその後のことが頭にあるはずなのに、それを顔に出すまいとしているようだった。

「短い間でしたけど、どうもお疲れ様でした。今後も臨時で派遣さんをお願いすることがあると思いますので、もしまたお世話になることがあれば、よろしくお願いします。じゃあ、今日の分をコピーしちゃいますね」

丈博もあらたまった挨拶をしたが、最後は砕けた調子に戻り、作業データを携帯メモリーにコピーしはじめた。彼女たちの作業には社内ネットにアクセスできないノートパソコンを使っているので、作業を終えたデータは彼がその都度コピーしなければならなかった。

それぞれのパソコンを回ってデータを集め、最後に沙絵の番になった。食事の時間をずらす件はそこで言うつもりだったが、彼がコピーしていくのを皆が黙って見ているので、小さな声で言っても聞こえてしまいそうだ。二人の関係は、彼女たちにはすでにバレているのだが、やはりこの場ではそういう態度を見せてはいけないという意識が働いていた。

「島崎君」

どうしようか迷っていると、不意に背中で美樹の声がした。ドアの所に立ったまま、中に入ろうとしない。わざわざここまで来るくらいだから、何か急な用事でもできたのだろうと思ってそばに行くと、チラッと部屋の中を目で示し、声を落として尋ねた。

「終わったの？」

「ちょうどいま、データを写し終えたところです」

「じゃあ、ここはもういいのね。ちょっと一緒に来てちょうだい」

美樹はそう言うと、返事も聞かずに歩きだしていた。慌てた丈博は顔だけ部屋の中に突っ込んで、用事ができたのでこれで失礼すると告げ、お疲れ様でしたともう一度言った。最後に沙絵に視線を向けると、拳を耳に当ててみせてから、急いで美樹の後を追った。

電話するから待っててくれ、という意味は伝わったと思うが、ぽかんと見つめる沙絵に申し訳ない気持ちが残った。食事の時間をずらすこともまだ言ってないので、どういうことになるのか不安に駆られているに違いない。だが、課長の用事では仕方がなかった。

「どこへ行くんですか」

「いいから、黙ってついて来なさい」

そんなふうに言われたら黙って従うしかないが、美樹が歩いていくのはエレベーターと逆方向で、突き当たりは非常用の狭い階段になっている。いったいどこへ行こうというのか疑問に思っていたら、彼女はその階段を降りていった。

もちろん彼もついて行くが、降りるならエレベーターを使えばいいのにと思うのは当然だった。そして、どんどん降りていって二階を通り過ぎ、一階まで降りるのだと判った時点で、疑問よりも不可解な思いが強くなった。

第一営業部の五階から、わざわざ非常用の階段で一階まで降りてくる理由などあるわけがない。一階は商品の展示スペースの他に来訪者向けの面談ブースが沢山並んでいる。どちらに行くにしても、やはりエレベーターを使うのが当たり前だ。唯一考えられるのは、非常口から外に出ることだが、それにしたって非常時ではないのだから、普通はエレベーターで降りるだろう。

「課長、どこへ……」

どうにもわけが判らず、もう一度訊いてみようとしたところで、美樹が突然立ち止まった。もうあと階段を四つ降りれば一階という中途半端な位置だった。そこで彼女は身を屈めながら首を伸ばし、一階廊下の気配を窺った。そして、問題無しと判断したみたいに、彼の手を取って足早に降りていく。だが、降りるとすぐに曲がって廊下から見えない位置に身を隠した。

そこは折り返しになっている階段の真下で、階段と同じ幅の窪みがある、いわゆるデッドスペースだった。

――なんで、こんな場所に隠れるんだ。

新たな疑問が湧いたが、本当に隠れる場所は、実はそこではなかった。階段側に扉があって、美樹が素早くそこを開けたのだ。階段の下に物置にでもするような三角形の空間があって、そこに扉が付いていた。

「早く入って！」

声を潜めて背中を押されたので、丈博は慌ててその中に入った。美樹も続いて入ってすぐに扉を閉める。

「……なんですか、これ？」

入ってみるとそこは物置などではなく、壁側に何やら見たこともない電子機器が並んでいた。赤や緑の小さな電球が沢山あって、カチッ、カチカチッという不規則な音とともに点滅しているのだ。畳一枚半ほどの狭いスペースだが、このビルの何かを制御している重要な場所だというのはすぐに判った。

「これは社内の電話の交換機よ。構内交換機といって、内線も外線も全部ここで接続されているの」

要するに内線電話同士を繋いだり、外線への接続を行うための機器で、企業にしろ役所にしろ、多人数が在籍する建物に設置されているものだという。

「どうしてそんなことを知ってるんですか」

「何年か前にわたしがいた部署で、内線が全然違う番号にかかってしまうようになってね……」

美樹の話によると、いくつかの電話回線に接続障害が起きたことがあり、原因を調べてもらう時、電話会社の人に彼女が情況を説明した関係で、ここの交換機のことを知ったのだそうだ。

「でも、そんなことはどうでもいいの……」

説明を手短に切り上げると、美樹がいきなり抱きついて、くちびるを重ねた。その瞬間、ここへ連れてきた理由がようやく判った。彼女の中で昂奮がいまだに尾を引いていて、体の疼きを抑えきれなくなったとか、あるいはアイマートの社屋内で猥褻行為をしたことに触発され、同じようにこの社内でも恥戯に耽ってみたくなったのかもしれない。

美樹はすぐに舌を差し入れてきた。そして、熱い息を洩らしながら、ねっとり絡めるのだった。燻る淫欲を晴らそうとするような、烈しい気持ちが舌の動きに表れていた。丈博もそれに応えて盛んに舌を絡め合った。すぐにお互いの唾液が溶け合い、鼻息がぶつかり合うような、激しく濃密なディープキスになっていった。

すると、不意に沙絵のことが脳裡を過ぎった。早く電話をしてやらないと、この後どうすればいいのか不安になってしまうだろう。だが、いまさら中断して彼女に連絡を入れるわけにもいかない。

——ここは完全に密室だもんな。

社内にこういう場所があったのは意外だが、感心している場合ではなかった。ここなら誰にも邪魔されないのだから、美樹は行くところまで行くつもりに違いない。それはそれで歓迎したいのだが、終わってから連絡するのでは、あまりにも沙絵を待たせ過ぎてしまう。その前に彼女の方からメールをくれたとしても、美樹は読む時間など与えてくれないだろう。

ついさきほどは、美樹と沙絵どちらに対しても後ろめたい気持ちはないと思い、両者の間で巧妙に立ち回っている気分にさえなった。だが、いまは美樹と舌を絡め合いながら、沙絵に悪いと思うと半ば狼狽え気味になってしまうのだ。

ここで美樹とセックスをして、数時間後には沙絵にインサートすることになるのかと思うと、気持ちは昂ぶりながらも、沙絵にバレないかと心配になる。巧妙に立ち回るどころか、実際は二人の間で板挟みになって、翻弄されていると言った方が正しいのかもしれない。

それでも体は素直に反応してしまい、ペニスは早くも充血しかかっている。美樹がズボンの前をさぐり、握ったり緩めたりして刺激を送り込むと、甘ったるい心地よさがさざ波のように拡がって、肉棒の膨張が勢いを増した。沙絵のことはもう、なるようになれ、と思うしかなさそうだった。

「すごいわ。みるみる硬くなっていくのね」

「そんなことされたら、硬くならないわけないじゃないですか」

「そうかしら。たったこれだけで、ビンビンになっちゃいそうよ」

丈博も彼女のヒップに両手を這わせ、セミタイトのスカートをつんと押し上げている優美な円みを、ゆっくり大きく撫で回して堪能する。スカートの生地を通してストッキングの感触が伝わり、指が鋭角なパンティラインを捉えた。下着の形を脳裡に描きながら触っていると、無意識のうちにスカートを手繰り上げていた。

彼女もジッパーを引き下げて、トランクスの前開き部分をさぐりはじめた。すぐにボタンを見つけ、簡単に外して指を入れてきた。しっとりした指で直接触れられると、肉茎がひくっと反応した。美樹はそれを巧みに引っぱり出して、直にしごきはじめた。

丈博はスカートの裾を太腿の付け根までずり上げたが、それ以上は無理だった。しかし、そこまで剝き出しにさせたので、尻の割れ目に簡単に手が入り、指先が秘部に届いた。

——もう濡れてたりして……。

期待半分でさぐってみると、何となく湿っぽさが感じられた。気のせいなのか本当なのか、もっとよく確かめようと手を前に回してみる。魅惑の丘をなぞり、さらに奥まで侵入して蜜壺のあたりを入念にさぐった。すると、ストッキングの上からでも間違いなく湿っていると判り、美樹が悩ましい声を上げた。

「ああんっ……」

彼女らしいよく通る声が、鼻にかかって甘く響いた。同時にペニスをしごく手が止まり、強く握り込んでいた。

その時、閉めておいた扉がカチャリと音を立て、開けられた。二人ともに体を硬直させ、扉の方に目をやった。

「えっ!?　なに……!?」

「あなたは……」

扉を開けたのは沙絵だった。丈博は大急ぎでペニスをしまいにかかった。だが、半ば勃起しているので、トランクスの前開きから中にしまうのは大変だった。沙絵は狭い空間に悠然と入り込んで扉を閉めた。

「ずいぶんと楽しそうなことを、してるんですね」

「なんであなたがここに……どこから見ていたの？」

「なんか、課長さんの様子が変だったから、追いかけてきたら、階段の上からちょうどここに入るのが見えたんです。ドアに耳を当ててたら、中で変な声がしたから気になって……」

美樹の様子が変だったから、と彼女は言うが、丈博はさっきの短いやり取りを思い出して、そうだったかなと考えてみた。しかし、思い当たることはなかった。

——女の勘というやつか……。

それにしても、沙絵はすごくショックを受けているふうでもなく、それが丈博には意外だった。驚いて絶句してしまうとか、涙を流すとか、もっと感情を露わになるものではないかと思うのだ。

「課長さん、結婚してるのに、部下の男の人とこんなことしてるんですね。しかも、会社の中でなんて、大胆ですよね」

丈博はどうして彼女が美樹にそんなことを言うのかが不思議だった。真っ先に丈博を責めるなり詰《なじ》るなりするのが普通だろう。

「旦那さんがこのことを知ったら、ビックリするでしょうね。その前に、会社の上の方に知れてマズイことになるのかな」

「あなた、脅迫でもしようっていうつもり？」

丈博もそんな気がしてビックリしたが、さすがに美樹だと思うのは、動揺していないはずはないのに、沙絵が何を考えているのかを見極めようとしていることだ。

「そんなつもりはないです。ただ……」

「ただ、なんなの？」

「神崎さんたちみたいに、もっと長くここで働けたらいいなって、そう思うだけですけど」

美樹はなるほどそういうことかと納得したようだが、丈博は心底驚いていた。沙絵が再就職のことで苦労しているのは聞いているが、この情況で口止め料代わりにそんな条件を出すなんて、予想だにしなかった。こんなにしたたかな女性だったのかと、見る目がすっかり変わってしまった。

「要するに、今後も派遣で続けられれば、ここで見たことは忘れてくれるっていうことかしら」

「そうですね。そういうことです」

丈博は茫然と立ち尽くし、二人のやり取りを眺めるばかりだが、そこで美樹が押し黙った。沙絵の言葉に嘘がないか、ジッと見据えると、どうやら派遣のことを真剣に考えはじめたようだ。しかし、本当に黙っているとしても、この事実を知っている沙絵を職場に置くのは、彼女としてはリスクが大きいはずだ。それでも言うことを聞いてやるのだろうか。

「わかったわ。席を用意しておくから、月曜からも引き続き出ていらっしゃい」

美樹はしばらく考えてから、そう決断した。派遣社員の一人くらい、人事の方はどうにでもなるはずだから、自分の立場や沙絵との関係を考え尽くした結果だろう。

それを聞いて、沙絵はほっと安堵の笑みを浮かべた。だが、困ったのは丈博だ。沙絵の態度からとすると、これで丈博と別れるつもりはなく、むしろ美樹と別れさせようとするに違いない。二人のどちらかと切れるしかないとすれば、丈博は美樹と続けられる方を選びたいのだ。

沙絵は派遣の仕事を続けられるのを本当に歓んでいるようで、二人の間に割り込むようにして、美樹に握手を求めた。美樹もやや安堵したように口元を緩め、それに応じた。

「じゃあ、今後ともよろしくという意味を込めて、あたしも仲間に入れて」

沙絵はそう言って、美樹の手を握ったまま、いきなり彼女にくちづけをした。不意を衝かれた美樹は、何が起きたのか判らないとでもいうように立ち竦《すく》んでいる。

沙絵にそんな趣味があるとは思わなかったから、丈博ももちろん驚いた。だが、同時に不可解なものを感じざるを得なかった。彼女は確かに〝あたしも仲間に入れて〟と言ったのだ。つまり、美樹と挨拶代わりのキスをするといった程度のことではなく、三人で愉しいことをしようというのだろうか。

美樹はしばらくの間、されるままになっていたが、突然、弾かれたように沙絵から離れた。どうやら沙絵が舌を入れようとしたらしい。美樹もさすがにレズの経験はないようだ。

「あなた、そういう趣味があったのね。まさか、それでうちで働きたいと……」

美樹はレズの彼女に自分が狙われたと思ったらしい。そういえば、沙絵はよく美樹のことを褒めそやしていた。綺麗だとかスタイルが良いと言って、憧れる気持ちを口にしていたから、こういうことをしてみたいと前から思っていたのかもしれない。

「そうじゃないわ。仕事がほしいのが本音。愉しいことはその後の話」

沙絵は美樹の両腕に手を添えると、再びくちびるを重ねていった。そして、とうとう舌を入れることに成功したようだ。くちびるを重ねるだけでなく、顎が微妙に動きはじめたのだ。

意外なことに、美樹はとりたてて抵抗を見せなかった。丈博の時とは違うが、弱味を握られてしまって諦めざるを得ないのか、あるいは沙絵のくちづけが思いのほか気持ちいいのかもしれない。丈博の経験からそう思わせるものがあった。

美貌の人妻課長と可愛らしい沙絵のキスシーンを目の前で見せられて、丈博はいったん萎んだペニスをまた強張らせた。沙絵の言葉通り、自分も仲間に入りたいという思いが強くなった。だが、自分からはどうすることもできなかった。

彼は美樹と違って独身だし、関係したのは沙絵より美樹の方が先なのだから、沙絵に弱味を握られているわけではない。にもかかわらず、この場は完全に沙絵に支配されていて、彼女がどう出るかにすべてがかかっていた。

沙絵は彼のことなど気にかける様子もなく、美樹のくちびると舌を味わっている。丈博の目には、しだいに美樹の体から力が抜けていくように見えた。やはり気持ちいいのだろうと思うと、何に対してか判らない羨ましさを感じてしまった。

しばらくすると、沙絵がくちびるを離して、甘えるように言った。

「ここじゃ狭苦しいし、立ったままだと疲れちゃうな。もっとゆっくり愉しめる場所はないですか」

「それは……」

美樹が困ったような目で丈博の方を見た。彼女は沙絵が純粋なレズだと思っているだろうから、〝仲間に入れて〟という言葉を聞き流している可能性があった。沙絵もそのことに気づいたのか、くるりと丈博の方を向いて彼にもキスをした。

つい積極的に応えそうになった丈博だが、そこは何とか堪え、棒のように突っ立ったまま美樹の様子を窺った。彼女はようやく沙絵がバイセクシュアルだと判ったようで、驚きながらも半ば呆れているようだった。

「三人でたっぷり愉しみたいのよね。どこか良い場所はないですか。会社の中じゃ無理かな……」

美樹は言う通りにするしかないと開き直ったのか、何やら考えはじめている。それを見て、丈博の背中を微かな電流が走り抜けた。

「こんなところで、大丈夫なんですか」

「心配要らないわ。この時間まで残っている役員は一人もいないから」

美樹が思いついた場所というのは、役員の部屋が並ぶ九階の応接室だった。社長や副社長と違って、部屋に応接セットを備えていない他の役員たちが共同で使っているものだが、丈博は話に聞くだけでもちろん入ったことなどない。

そんな場所でこの二人と戯れ合うのかと思うと、股間の疼きがいっそう烈しくなってしまう。沙絵も胸を躍らせているようだ。

九階でエレベーターのドアが開くと、廊下の照明が落ちていた。美樹の言う通り、このフロアにはもう誰も残っていないようだ。彼女は一階のボタンを押すと、丈博たちを促して、自分は後から降りた。そして、廊下の照明は落としたまま先導していった。

応接室のドアの前に立ち、淡い光を放つドアロックのタッチパネルに暗証番号を入力し、IDカードを通す。ロックが解除されてドアを開けると、二人を招じ入れて部屋の明かりを点けた。

初めて応接室に足を踏み入れた丈博は、思わず息を呑んだ。広さは二十畳を超えていて、ソファも大きいし調度品はどれも豪華そうだ。こんな所に入れたことに信じられない思いがした。

「どうして入り方を知ってたんですか」

「ここはマーケティングにいた時によく使わせてもらったから、なんとなく憶えちゃったのよ。取引先の重役相手のケースが割と多かったものだから」

「でも、IDが……」

「大丈夫よ。特になにか起きたりしなければ、いちいちチェックはされないわ。会社もそこまで暇じゃないから。でも、あと一時間ちょっとで警備員の巡回があるから、その前にここを出なきゃいけないの。忘れないでね」

美樹はそう言いながらも、頬をうっすら紅潮させている。危険を冒したことで昂ぶっているのか、これからやろうとしていることが頭にあるからか、その両方という可能性が高そうだった。

「ここなら満足してもらえるかしら」

美樹が挑むような目を向けると、沙絵は一瞬、気を呑まれた様子だったが、すぐに踏み止まって、自分から遠い方のソファを指差した。

「課長さんは、とりあえずそこに座ってください」

美樹が怪訝そうに腰を下ろすのを見届けてから、沙絵はやおら抱きついて、くちびるを重ねてきた。丈博にはわずかに躊躇う気持ちもあったが、この期に及んでまで気にしても意味はないだろうと思い、沙絵が舌を差し入れるのに応えて、しっかり舐め返してやった。そして、ぽってりした沙絵のくちびるを、薄い舌の感触を味わううちに、ますます気持ちが入っていくのだった。

沙絵は最初こそ強く抱きついていたが、丈博の気分が乗ってくるのを感じたのだろう、腕を離して両手で彼の頬をさすりはじめた。初めてキスした時のように、自分からリードするような仕種で、丈博も負けじと腰に手を回してやさしく撫でさすった。

「あなたたち……」

美樹は呻くように低い声を洩らした。意外なものを見た驚きを、何とか抑えようとしているようだった。丈博は彼女に知られたことで、かえって開き直る気分になった。誘うようにソファに腰を沈めると、沙絵はぴったり寄り添って、向かいに座る美樹に見せつけるように丈博の股間を撫で回した。

「悪いけど、先に愉しませてもらうから、ちょっと待っててくださいね」

沙絵はもう一度ねっとり濃密なくちづけをしながら、ベルトを外してジッパーを引き下ろした。ペニスはもうすっかり硬くなっている。

薄目を開けてこっそり美樹を観察すると、忌々《いまいま》しそうな目をして沙絵の横顔と手の動きを交互に見ていた。ところが、上下に忙しなく視線を移動させるうちに、その表情がしだいに落ち着きをなくしていった。そして、沙絵がペニスを引っぱり出してしまうと、もうそこから目が離せなくなった。

豪華な応接室で熱り立ったペニスを晒すのは、何とも爽快で心地よかった。このソファに普段は重役連中がゆったり腰を下ろすのだと思うと、彼らを嘲笑うような気分になる。別段、役員たちに不満を抱いているわけではないのに、そんなふうに感じるのはやはり平社員の習いなのかもしれない。

沙絵は剝き出しにしたペニスをやわやわといじり回している。丈博を気持ちよくさせるというより、美樹に見せびらかす気持ちの方が強いようだ。亀頭を摘んでくりくりしてくれて、それはとても気持ちいいが、美樹がよく見えるように、わざわざ腕を持ち上げて摘んでいるのだ。

そわそわしていた美樹だが、弄ばれるペニスを見ているうちに、魂を抜かれたように表情を乏しくしていった。それとは逆に、座っている腰の方はしだいに落ち着きをなくして揺らぎはじめた。なまなましい行為を見せつけられて、秘奥が疼いてきたに違いなかった。

そういうことに気づいてしまうと、観察するより見せつけたい気持ちの方が強くなる。それで美樹がどんな反応を見せるか、にわかに興味が湧いてきたのだ。それだけでなく、美樹に見られることが昂ぶりに直結していると感じたからでもあった。

ふと沙絵が股間に屈み込んだかと思うと、丈博に背中を預けるようにしてペニスを口に含んだ。やはり美樹からよく見えるようしているのだが、彼女も同じように、見せつけることで昂奮が高まるのかもしれない。

「んっ……」

亀頭が温かな粘膜に包まれて一回り太くなり、腰がひくっと反応してしまった。思わず美樹と目が合うが、彼女は慌てて顔を背けた。だが、視線だけはしっかり沙絵の口戯に向けている。

沙絵は大きな飴玉をしゃぶるように舌を絡めていたが、いったん吐き出して、雁首をねろりと舐め回した。そして、ちゅぱっと吸いついたり、舌先で小刻みに弾いたり、しばらく戯れるように舌を使ってから、またすっぽり咥え込んだ。

今度は大きく首を振り、派手な音を立てて舐めしゃぶった。わざと唾液を垂らしているようで、口から洩れて、ペニスの付け根まで伝い流れて下着に染みていった。

――このまま、射精するまで続けるつもりか……。

美樹より先に挿入するつもりでいるのは間違いないが、フェラチオをどこまでやるのかはよく判らない。丈博自身はとにかく一回吐き出してしまいたいと思っていた。そうすればかなり長持ちするという自信があった。

広い応接室にちゅぽっ、ちゃぱっと淫らな音を響かせて、沙絵の舌使いがいっそう激しくなった。このままだと、射精欲が湧き起こるまでそう長くはなさそうだが、また口で受けとめて呑んでくれるだろうから、発射が近づいても直前まで知らせなくてかまわないと丈博は思った。

何気なく美樹に視線を向けると、下腹部に置いた手が微妙に動いていることに気づいた。ちょうど秘丘のあたりを、スカートの上から指で押さえ込むようにしている。動きは微かでも、揉んでいるのは明らかだった。

——自分で触ってるんだ！

スカートの上からでは秘部には届かないが、秘丘をすりすり揉むことでクリトリスに刺激を送っているに違いない。沙絵の派手なフェラチオを間近で見せつけられて、燻っていたものに火が着いたのだろう。何しろ今日は、アイマートの本部とさっきの階段下と、二度に渡って燻りが残るようなことをしているのだ。

だが、見られているのに気づいたら、美樹はやめてしまうだろう。丈博はそう思ってすぐに俯いた。揺れる沙絵の頭部を見下ろしたまま、視線だけ美樹の手元に向ければいいのだ。

もちろん本音は彼女の自慰が見たいからだが、遠慮なくやらせてあげたいという気持ちもあった。少なくともいまは沙絵の意志に従うしかないので、彼がどうにかしてやるわけにはいかない。それなら自分で気持ちよくなるのもいいじゃないかとも思うのだ。

咄嗟の判断が功を奏したようで、美樹は見られたことに気づいていない様子だった。

相変わらず顔を背けたまま、沙絵の口元に見入っている。すると、しだいに秘丘を揉む手つきが大きくなって、縦方向だけだった動きに円運動が加わるようになった。

丈博は喉の奥がじわっと熱くなるのを感じた。その直後、ペニスが脈動して、射精が近いことを知らせた。さっきはとりあえず一度発射したいと思ったが、美樹の手の動きが大きくなっているところなので、もう少し我慢したくなった。

そのためにはフェラチオの刺激が弱まればいいのだが、沙絵が聞き入れるはずもないので、こちらが攻めに出るしかなかった。そこで彼は、沙絵の体の下に手を差し入れて豊満なバストを摑んだ。上着が邪魔だったので、ボタンを外してからあらためて揉みしだくと、下を向いている分だけバストはより柔らかく感じられた。

「あふっ……んんっ……」

沙絵が喘ぎ声を洩らし、舌使いが乱れはじめた。性感の高まりがいったん留まって、時間が稼げそうだった。

丈博は上着を脱がせて横に放ると、シャツのボタンを外して肩から脱がせるのと一緒に、ブラジャーのストラップも外してしまった。カップをぺろんと反転させると、たわわな乳房が零れ出た。

沙絵はその間も亀頭にしゃぶりついていたが、丈博が乳房を鷲摑むと、大きな吐息とともに口から離してしまった。亀頭が吐き出された瞬間、美樹のまなざしが揺らいだようだった。

丈博は剝き出した乳房を手のひらに載せ、ゆらゆら揺り回しながら量感を愉しんだ。重みがたっぷりあるのに、手の上で溶けてしまいそうな柔らかさが何とも心地よい。上下に揺すると、たぷたぷと音まで聞こえそうな手触りで撓むのだった。先端がわずかに触れる状態で揺り動かすと、ぽつんと立った乳首が手のひらで擦れ、小さな団子でも作るように転がった。

沙絵は喘ぎながらも、反撃に出るかのようにペニスに食らいついてきた。そして、ねっとり舌を絡めながら、いっそう激しい首の振りで舐めしゃぶった。

すでに切迫感は退いていたので、そのままペニスをしゃぶらせることにして、チラリと美樹を盗み見た。彼女は両脚を開き気味にして、その狭間に手を押し込んでいた。一見するとただ手を当てているだけだが、よく見ると指先が蠢いている。それも思いのほか速い動かし方だった。

もう我慢できないほど昂ぶっているのだと思い、表情を窺うと、ちょうど彼女も視線を上げたところでいきなり目が合った。途端に美樹の表情が泣きだしそうに崩れた。だが、彼に見られていると判っても、指の動きを止めることはなかった。あさましい姿を甘んじて晒す美樹は、泣きそうな表情がむしろ妖艶なものに映るのだった。

丈博はまたも射精欲の高まりを感じはじめたので、再び沙絵の乳房を掴み、揉み回してその柔らかさを堪能した。ぎゅっと掴んでは離す手のひらに、柔媚な乳房はぴたりと吸いつくように形を変える。それだけ尖った乳首の硬さが際立つようだった。

二度目で気持ちの準備ができていたのか、沙絵はペニスを吐き出すことなくしゃぶり続けている。乳首をつんと弾いてやると、鋭い快感が走って身を竦めたが、それでも咥えたままだった。絶対に放さないという意気込みすら感じさせる。

丈博が何度も乳首を攻めると、そのたびに肉茎に歯が当たったり、上顎と舌で思いきり締めつけられたりして、逆に射精欲を遠ざけることが難しくなってしまう。

「あっ……もう、出そうだ」

思わず洩れた言葉は、独り言の呟きのようだったが、途端に沙絵の舌使いが激しさを増した。小刻みに舌を動かしながら、強い吸引を加えてくる。それで首の振りを速めるのだから、急激に快感が高まった。

美樹も丈博の言葉を聞くと同時に、指の動きがいっそう速まった。くちびるをうっすら開いて放心したような表情なのに、見え隠れする肉竿から目を離そうとしない。虚ろに見えるその瞳も、濡れたように微かな光を帯びていた。

官能の波動がみるみる大きくなって、丈博は腰が浮き上がるような感覚に襲われた。その直後、甘美な衝撃に貫かれて、がくがくっと腰を躍らせた。熱い塊が凄まじい勢いで発射され、沙絵の喉を何度も叩くが、彼女は荒い息とともに懸命にくちびるを搾り続けていた。

丈博がぐったりソファに倒れ込んでも、沙絵はしばらくペニスを咥えたままでいたが、やがてゆっくりと吐き出していった。顎が微妙な動きを見せるのは、口に溜まった精液を舌で転がしているのだろう。そのまま呑むだろうと思って見ていると、彼女は急に美樹の方に顔を向けた。

美樹はもう下腹から手を退けて、何事もなかったように装っている。それでも頬のあたりがうっすらと染まり、昂ぶりの痕を残していた。と、沙絵の喉が、ごくんと大きな音で鳴った。美樹はすぐに目を逸らしたが、最初の忌々しそうなまなざしは消えていた。

「じゃあ、今度はあたしが気持ちよくしてもらう番ね」

豊満な乳房を剝き出しにした沙絵は、すっかりはだけたシャツを脱ぎながらそう言った。その相手は丈博ではなく、美樹だった。

「課長さん、お願いします。うんと気持ちよくさせてくださいね」

沙絵はしたたかに言い放ち、ブラまで取り去った。さらにスカートを脱ぎ落とし、最後のパンティをどうするのかと思ったら、それもあっさり脱ぎ捨ててしまった。見ていて呆気に取られるほど小気味よい脱ぎっぷりだった。

全裸になった沙絵は、丈博から少し離れて腰を下ろし、寝転ぶように背凭れに身を預けた。たわわな果実を強調したいのだろう、両腕をやや内側に寄せて美樹の方を見た。

美樹はそんな彼女の様子を黙って見ていたが、おもむろに上着を脱ぎはじめた。その口元に何やら含みのある笑みを浮かべたのに気づいて、丈博はドキッとした。美樹はシャツも脱いでブラジャーだけになると、こちらのソファにやって来て丈博の反対側に座った。そして、躊躇いも見せずに沙絵の乳房を揉みあやしていった。

思いのほか潔かったせいか、沙絵は一瞬、意外そうな表情を見せたが、すぐに背凭れに頭を載せて愛撫に身を任せた。

丈博は横たわったまま、美樹の手つきに見入った。それは言われたから仕方なくやっているようには見えない、積極的なものだった。ゆっくりやさしく揉み回しながら、指先で器用に乳首を擦ったり、弾いたりするのは、いつも自分自身でやっていることなのだろうか。

──まさか、レズ経験があるなんてことは……。

さっきの階段下では、さすがにレズの経験はなさそうだと思ったが、この手つきや躊躇いのなさを見ると判らなくなってくる。

美樹はしだいに乳首への愛撫を多くしていった。沙絵の口から吐息のような喘ぎが洩れはじめると、チラッと丈博に視線を投げてきた。その目がやはり何かを含んでいるのが気になったが、彼女が考えていることは窺い知れなかった。

すると美樹は、屈み込んで尖り立った乳首に舌を這わせた。ねろっと舐めてから、いきなり舌先を小刻みに振動させると、弾かれる乳首がぷるぷる震え、その振動が乳房全体に波のように伝わった。

沙絵は白い喉を晒して仰け反り、吐息のようだった喘ぎが甘く鼻にかかった声に変わった。可愛らしくも淫らな声が豪華に応接室に響くのは、何とも場違いで猥褻感に満ちていた。

美樹は少しも休むことなく乳首を嬲り続け、さらに淡い草叢の奥にも手を差し入れていった。沙絵の脚が自動扉のように開き、秘めやかな肉を惜しげもなく晒した。美樹の細い指は、その撚《よ》り合わさった肉びらをかき分けるように、忙しなく蠢いた。

それにしても美樹の積極さはどうだろう。それがあの含みのある笑みから来ているのは間違いないが、丈博の推測が及ぶところにはなさそうだった。

美樹は乳首から舌を離して体を起こすと、また丈博の方を見た。

「ボーッと見てないで、あなたも手伝うのよ。ほら、いつまでもそんな恰好してないで、さっさと脱いだらどうなの」

「あっ、はい……」

沙絵にしゃぶってもらったペニスが、ズボンから顔を出したままになって、いかにも間が抜けた恰好だった。丈博は慌てて起き上がり、トランクスも一緒に脱ぎ捨てた。美樹の巧みな舌使いを見ていたせいか、いったん萎んだペニスも半勃起に近い状態だ。

——手伝うって言ったって、なにをどうしろって？

美樹のそばに近づくと、彼女が耳元にくちびるを寄せてきた。

「さっさとイッてもらうんだから、しっかり協力しなさい。わかった？　思いきりイカせてから、二人でゆっくり愉しむのよ」

そう言いながら、美樹は指を蜜でぐっしょりにして、秘裂を盛んにかき回している。

丈博はようやく彼女の意図を理解して、言われた通り愛撫に加わることにした。ソファに載って横から沙絵に覆い被さると、乳首を含んで舐め転がした。もう片方にも手を伸ばし、乳房を揉んだり乳首を転がしたりして、同時攻撃で美樹を援護した。

「いやぁん……あっ、あああんっ……イイーッ！」

沙絵の悶えぶりが急に激しくなった。やはり同時に攻めるのが効いたのだと思ったが、横目で見ると、美樹がソファの前に屈み込んで秘裂に舌を這わせているのだった。沙絵がいちばん感じるクリトリスを嬲っているのだろう。自分が舐めた時より気持ちよさそうに身悶えるのが癪に障るが、二人で嬲っているからだと思うことにした。

沙絵の淡い性毛の向こうで、彼の視線に気づいた美樹が目で頷いた。その調子、と言っているようだった。丈博は乳首だけでなく、首筋や耳にも舌を這わせ、美樹に倣って休みなく嬲り続けた。

「……んああっ……もうダメ。気持ちよすぎておかしくなっちゃうぅ……いやぁ……ダメェ……」

頭から抜けるような甘い声が部屋に響いた。沙絵は首を右に左に振りまくり、腰を波打たせて悶えている。美樹は暴れる両脚に難儀しながらも、秘裂を攻め続けていた。さっきよりも秘丘に顔を伏せ気味にして、肘が後ろに持ち上がっているところを見ると、クリトリスを舐めながら、指を挿入しているに違いない。

丈博も乳首を強めに摘んでくりくり転がした。舌を差し出してくちびるを重ねると、沙絵は鼻息を荒くして絡めてきたが、それも長く続かずに激しく喘ぎだしてしまった。

「ダメよ、もうダメェ……これ、入れて……太いの入れてぇ……」

沙絵は譫言のように繰り返し、丈博の股間に手を伸ばしてきた。闇雲に摑みかかって偶然ペニスに触れると、しっかり握り込んでしまい、入れてと言っておきながら放そうともしない。

「もういいんじゃない。入れてあげなさい」

美樹に命じられて、丈博は挿入を決めた。沙絵の両脚をソファに引っ張り上げると、大きく開いてその間に腰を据えた。夥しい蜜で濡れそぼつ秘裂は、肉びらが充血してめくれ返っている。肉竿を握ってその中心にあてがうと、一気に埋め込んでいった。

「あああんっ！……いやぁん……あんっ……あんっ……」

抽送を始めた途端、沙絵は大きく仰け反ってよがり声を上げた。二人同時に攻めたおかげで、性感はかなり高まっていたようだ。美樹はさっさとイカさせしまおうと言ったが、この様子ならそう時間はかからないだろう。

そんなことを考えながら突き込んでいくと、不意に美樹が結合部分めがけて顔を伏せてきた。何かと思ったら、舌を長く差し出して舐めはじめたのだ。尖らせた舌先が出入りする肉竿に触れたが、美樹が舐めているのは敏感な肉の芽だった。

クリトリスを舐めた時の反応で感度抜群だということが判ったから、こうすればあっと言う間にアクメを迎えると踏んだのだろう。その狙いは的確だったようで、舐めだすと同時に、肉壺が強烈な収縮を見せた。ペニスを千切らんばかりに締めつけてきたのだ。

丈博は少しでも舐めやすいようにと、挿入を浅めにして小刻みな律動に変えた。すると美樹は、正確にクリトリスを攻めながら、たまに肉竿にも舌を這わせてくれた。丈博が気を利かせたからサービスのつもりかもしれない。一緒に沙絵をイカせようとしているのに、何やら美樹と二人で戯れているような気分にもなるのだった。

それから舌使いが一段とスピードを増して、それとともに肉壺が間断なく締めつけるようになった。と思ったら、ぎゅっと収縮したままで小刻みな震えが起こった。

沙絵は大きく仰け反ったきり、喘ぎ声がかすれて声にならなくなった。そして、全身をびくっ、びくっと大きく震わせると、一気に力が抜けてしまった。

「どうやらイッたようね」

「イキましたね」

アクメに達した沙絵は、ソファに横たわったままピクリともしない。どうやら気を失ってしまったようだ。丈博は一度放出したのが効いて、まだ射精の兆しすらなかった。ゆっくりペニスを引き抜くと、美樹の頬をかすめながら、ぶるんっと天井を向いた。

「動かさないで、このままにしておきましょう」

美樹は向かいのソファに丈博を促すと、スカートを脱ぎ下ろし、パンティも脚から抜き取った。

「ちょっと待ってください。それ……」

「なにするの！」

丈博は脱いだパンティを美樹から奪い取った。彼女が脱いだ時に、大きなシミを見つけたからだ。取り返そうとする美樹を背中でガードして、パンティを広げてみると、シミは大きいだけでなく、年輪のように層を成していた。

思えば今日の美樹は、アイマートの本部と階段の下、そしてこの応接室と、何度も淫裂を濡らしてきたのだ。そのたびに下着に染み込んだ花蜜が、こうして層になるほどなのに、彼女自身は一度もイッてないのだから、どれだけ焦らされまくったかということだ。

「すごいですね、これ」

「やめなさい。変なことしないで、返しなさい」

美樹は必死になってパンティを取り返すと、見える所に置かないで上着のポケットにしまい込んだ。そして、気分を変えて振り返ると、瞳を妖しく輝かせながら、丈博の首に腕を巻きつけた。

「さあ、あの娘のお汁で汚れちゃったから、きれいにしてちょうだい」

そう言って、舌を差し出してきた。丈博はそれをすっぽりと咥え込んで、前に彼女がやってくれたように、根元から先端まで丁寧に舐めていった。

「変な匂いまでついちゃってるでしょ。臭くてたまらないわ」

「それじゃ、ぼくの舌まで臭くなっちゃいますね」

「それなら、あとでわたしの匂いで消せばいいわ」

くちびるを触れ合ったまま低い声で囁くと、互いの熱い息が混ざり合い、沙絵の秘臭が二人の口の中で溶けていった。言葉とは裏腹に、沙絵の匂いに二人とも昂ぶっているのだった
「実はぼくのも汚れちゃってるんですけど、きれいにしてもらっていいですか。たぶん、こっちの方がもっと臭いですけど」

硬く突き出したペニスを美樹の腹部に押しつけると、彼女はその場に跪いて、舌で舐め清めてくれた。筋を浮かせた幹から先端の割れ目まで、丁寧に何度も往復するうちに、ペニスは沙絵の花蜜から美樹の唾液に塗り替えられていった。

それだけでなく、美樹は濡れてもいない嚢皮にも舌を這わせてきた。舐めやすいように片足をソファに載せると、下に潜り込んでさらにアヌスにまで舌を伸ばした。すぼまりの皺を擦られるたびに、反り返った肉竿がひくっ、ひくっと揺れて、ぬめりを含んだ涎が滴った。

アヌスを舐められるのは相変わらず恥ずかしいが、この心地よさは病み付きになりそうな気がした。全身の力が抜き取られて、身も心もすべて預けざるを得ないような、被征服感とも言うべき不思議な感覚に包まれるのだった。

「これでたっぷり愉しませてもらえるわね」

美樹はそう言って、最後に聳り立つ肉竿をそっと握ってから、ソファに仰向けに横たわった。丈博は反対側で横たわる沙絵にチラッと目をやってから、美樹に覆い被さっていった。怒張したペニスで入口をさぐりながら、こんな場所で、素っ裸の二人と次々に交わるのだと、あらためて思った。

秘孔をさぐりあてると、ぐいっと腰を押し出した。大きく張った亀頭が濡れそぼつ粘膜を穿ち、滑らかな摩擦感と妖しい吸着感に包み込まれた。くちびるを喘がせる美樹を間近で見つめながら、ゆっくりと抜き挿しをはじめた。

「ああ、これだわ……これがいいのよ……もう、どうしたらいいのかしら、わたし……これがないとダメみたい……ああ、いやだわ」

譫言のように喘ぐ美樹は、丈博の背中に爪を立てて仰け反った。心地よい痛みを背中に感じながら、丈博は上から振り下ろすように腰を使った。熟れた果肉を思わせる軟らかな粘膜が、ぴったりと隙間なくペニスを覆っている。ひくひく蠢いて奥へ引きずり込もうとするのを、これが美樹の肉なのだとしみじみ思った。

いったん結合を浅くして小刻みに律動すると、入口の肉が亀頭のエラのあたりを締めてきた。ぎゅっと搾られる感じが心地よく、抜けそうになるぎりぎりの所で緊縮感を味わった。

しだいに深くしていって奥まで突き当たると、今度はできるだけゆっくりしたストロークで、大きく退いては深く埋め込んでいく。内壁との摩擦感がしっかり感じられ、妖しく蠢く様子もつぶさに感じ取れた。

穏やかな抽送を続けるうちに、快楽の波動がじわじわと高まって、腰の動きが自然に速まっていった。美樹のくちびるを求めると、すっかり仰け反っていた首を戻して応えてくれた。再び舌の絡め合いになるが、お互いに昂ぶっているせいか、動きがなかなかシンクロしなかった。

「ずるいわよ、二人だけで」

すると、そこにいきなり沙絵が割り込んできたので吃驚した。間延びした声で、重なった二人の胸の間に頭を潜り込ませてきたのだ。丈博は道を譲るように上体を起こして両腕で支えたが、律動はやめなかった。

沙絵は美樹の乳房にむしゃぶりついて、舐めたり乳首を吸ったりした。子供が母親に縋るようでもあり、それを見ていると、沙絵は本当に女も好きなのだとよく判る。沙絵美樹は彼女の艶のあるショートヘアを撫で回し、時には掻きむしったりもした。沙絵の性癖を美樹もまた、受け容れているようだった。そんな二人を見下ろしながら、丈博は抽送を激しくしていった。

やがて沙絵が乳房から離れ、丈博の乳首に吸いついた。吸うだけでなく、チロチロと舌先で弾かれると、快楽の針が大きく振れだした。余裕のあった丈博も、思わず腰使いが鈍ってしまった。

「うっ……それ、気持ちよすぎだよ……」

「いいじゃない、気持ちいいなら」

「いいんだけど、すぐイッちゃいそうでヤバイよ……」

沙絵は含み笑いを残して乳首を離れると、背中に回ってそこにも舌を這わせた。そして、ゆっくり焦らすように這い下りて、腰から真っ直ぐ尻へと移動していった。

沙絵の舌が尻の割れ目に潜り込むと、危うい衝撃が背筋を走った。肛門が引き締まると同時に、美樹の中で肉竿が力強く撓った。

「ああ、イクのね……いいわよ、来て……思いきり来てぇ……！」

美樹の言葉に背中を押され、一気に律動を速めた。沙絵の舌を振りきるように腰を使うが、彼女は少しも動じることがなかった。割れ目に向かって舌を長く伸ばしているようで、腰を振るたびに舌先がアヌスを突っつくのだ。

「あっ、ダメだ、もう出る……」

美樹の媚肉の収縮と沙絵の舌の感触が、快感を一気に上昇させた。下腹に猛爆の兆しを感じた途端、鮮烈な快美感とともにペニスが雄々しく脈動した。

立て続けに牡の樹液を放ってようやく腰を止めると、沙絵の舌が割れ目に深く入り込んでアヌスを舐め擦った。そこでまた、ペニスが追い討ちをかけるように脈を打ち、美樹の肉壺が名残を惜しむように幾度となく締めつけてきた。

丈博は重なる二つの女体にサンドウィッチされ、しばらく快楽の余韻を味わっていたが、これからこの二人と毎日顔を合わせるのだと思うと、果たして仕事になるのだろうかと心配になるくらいだった。

しかし、美樹は相変わらず厳しいだろうし、沙絵も真面目な仕事ぶりが変わることはないだろう。変わるとすれば、昼の顔から夜の顔に切り替わってからだ。いや、たまには昼間のうちに変わることもあるのかもしれない。それはそれで、密かな愉しみではあるが——。

◎本作品はフィクションであり、文中に登場する個人名や団体名は実在のものとは一切関係ありません。

二見文庫

美人課長《びじんかちょう》・美樹《みき》

著者　深草潤一《ふかくさじゅんいち》

発行所　株式会社 二見書房
東京都千代田区神田神保町1-5-10
電話 03(3219)2311［営業］
03(3219)2316［編集］
振替 00170-4-2639

印刷　株式会社 堀内印刷所
製本　村上製本

落丁・乱丁本はお取り替えいたします。
定価は、カバーに表示してあります。

ISBN978-4-576-08040-6
http://www.futami.co.jp/

二見文庫の既刊本

放課後

FUKAKUSA,Junichi

深草潤一

悪友二人と夜の公園で覗きをしていた弘樹は、それをある女性に叱責される。しかし、その女性こそ彼の通う高校の教師・長尾佳奈子だった。一目でその美しさに魅了された彼は、少しでも接近するべく、彼女が顧問をしている茶道部に「珍しい男子部員」として入部し「チャンス」をうかがう。しかし、ある日佳奈子の意外な姿を目撃、そしてついに彼女と……。実力派による書き下ろし青春官能ノベル。